스라소니의칼

스타라이프

1판 1쇄 찍음 2017년 12월 12일
1판 1쇄 펴냄 2017년 12월 19일

지은이 | 정사부
펴낸이 | 정 필
펴낸곳 | 도서출판 **뿔미디어**

편집장 | 문정흠
기획 · 편집 | 한관희

출판등록 | 2002년 9월 11일 (제1081-1-132호)
주소 | 경기도 부천시 원미구 소향로 17번길(두성프라자) 303호 (우) 14544
전화 | 032)651-6513 / 팩스 032)651-6094
E-mail | bbulmedia@hanmail.net
비북스 | http://www.b-books.co.kr

값 8,000원

ISBN 979-11-315-8394-4 04810
ISBN 979-11-315-8292-3 04810 (세트)

스탠 라이프

정사부 현대 판타지 장편 소설

4

CONTENTS

Chapter 1
데뷔

일산 KTV 방송국 인근 카페.

방송국 옆이라 그런지 이곳 카페는 방송 관계자는 물론이고 연예인과 연예인을 보기 위해 찾아오는 팬들이 많이 찾는 곳이다.

그 때문에 상당한 규모의 카페였지만 그럼에도 많은 사람으로 붐비는 곳이기도 했다.

그런 카페에 아시아 최고의 스타 중 한 명인 최유진이 젊은 남자와 나타나자, 방송 관계자는 물론이고 카페에 있던 팬들도 그들을 주목하였다.

하지만 그것도 잠시, 함께 있는 남자의 얼굴을 확인한 사람들은 그 사람을 잘 알고 있는지 처음 보였던 관심은 사그라지고 각자 자신들의 일을 하면서 가끔 최유진과 함께 있는 남자를 쳐다보았다.

물론 최유진과 남자가 뭔가 중요한 이야기를 하는 것 같아 지켜보는 것이지 두 사람이 이야기가 끝나면 최유진에게 찾아가 사인을 요구할 것이다.

"일단 데뷔하는 것 축하해!"

최유진은 자신의 맞은편에 앉아 있는 수현을 보며 축하의 말을 해주었다.

"하하! 고마워요. 그런데 좀 당황스러워요."

수현은 최유진의 축하에 고맙다는 말과 함께 자신의 심경을 토로했다.

사실 수현이 아이돌에 대해 어떻게 생각하는지 잘 알고 있는 최유진이기에 할 수 있는 말이었다.

"뭐 어때? 회사에서 어련히 잘 판단하고 널 그룹에 합류시켰겠지."

최유진은 수현의 말에 빙그레 미소를 지으며 대답을 해주었다.

그런 최유진의 반응에 수현은 마음에 들지 않는 듯 인상을 찌그렸다.

사실 아직도 혼란스러운 것이 수현의 마음이다.

비록 오윤호나 박정수 등의 데뷔를 걸고 협박을 하자 어쩔 수 없이 승낙을 하기는 했지만 지금도 솔직히 자신이 잘 할 수 있을지는 자신이 없었다.

"너무 걱정하지 마! 넌 지금까지 잘 하고 있어! 사장님이 너를 그룹에 포함을 시켰다면 그만큼 자신이 있어서 그런 것이니, 넌 자신에게 조금 더 자신감을 가질 필요가 있어!"

최유진은 지금 수현이 무엇 때문에 자신에게 그런 말을 하는 것인지 잘 알고 있기에 그런 조언을 할 수 있었다.

최유진 또한 아이돌 그룹 출신이었고, 그런 그녀가 보기에 수현은 충분히 아이돌로서 성공할 가능성이 있었다.

물론 지금도 최유진은 수현이 가수로서의 재능 보다는 배우, 연기자로서의 재능이 훨씬 크다고 생각하고 있다.

그렇기에 이재명 사장을 찾아가 수현에 대한 투자 의견을 내고 연기자로 키우려고 했던 것이다.

그런데 생각지도 않게 아이돌 가수로서도 재능이 뛰어나다는 이재명 사장의 말을 듣고는 깜짝 놀랐다.

그리고 그가 보여준 최종 평가를 때의 녹화 테이프를 확인하고는 최유진도 수현의 재능을 인정할 수밖에 없었다.

그녀가 알던 수현은 일반인치고는 그런대로 잘 부르는 편인 정도였는데, 겨우 두 달도 되지 않아 이렇게 확 바뀌어 있을 줄은 꿈에도 생각지 못했다.

가수라는 것은 아무리 전문 트레이너에게 배운다고 해도 누구나 되는 것이 아니다.

기본적으로 가수로서 자질이 있는 상태에서 수년간 훈련을 통해 기량을 높이고 거기에 작곡자의 의도를 파악할 수 있는 것은 물론, 그걸 자신에 맞게 노래로 표현을 할 줄 알아야만 비로소 가수라 부를 수 있게 된다.

　한데, 수현은 그런 자질이 부족했다.

　그저 가수가 부른 노래를 따라 부르는 정도에 그치는 전형적인 일반인, 아마추어였다.

　그런데 킹덤 엔터에서 연예인이 되기 위한 기본 소양 교육을 받는 중에 이렇게까지 발전을 했을 것이라고는 전혀 예상하지 못했기에 놀랄 수밖에 없었다.

　자신이 미처 발견하지 못한 자질이 수현에게 숨어 있다 꽃을 피운 격이었다.

　그러니 최유진으로서는 수현의 또 다른 얼굴을 보게 된 것이 마냥 기뻤다.

　호감을 가지고 있는 수현이 이렇게 자신의 생각보다 더 대단한 사람이었다는 알게 되면서 최유진은 자신도 모르게 자부심이 생겼다.

　물론 그건 이성으로서 느끼는 호감이나 그런 감정이 아닌, 순수하게 자신이 알고 있는 사람, 자신이 잘 알고 있는 사람이 잘 되는 것에 기뻐하는 것이었다.

　"그런데 데뷔 날짜가 이제 일주일도 남지 않았네?"

　최유진은 매니저인 이소진에게 수현이 속한 그룹의 데뷔

날짜에 대해 들었다. 이제 정말 코앞으로 다가왔다고 해도 과언이 아니었다.

"네, 그런데 아이돌 그룹이 그렇게 촉박하게 데뷔를 하나요?"

수현은 그룹 결성에서 데뷔까지 두 달 정도밖에 되지 않아 의아해 하고 있었다.

"아니, 보통은 1년에서 최소 6개월 정도 기간을 두고 준비를 하지. 훨씬 오래 걸리는 경우도 많고."

최유진은 질문을 하는 수현을 보며 웃으며 대답을 해주었다.

"그렇죠? 저도 그렇게 들었는데, 너무 급하게 진행이 되는 것 아닌가 조금 겁나요."

실제로 수현이 속한 그룹을 포함, 킹덤 엔터에서 두 개의 그룹으로 나누어 수현과 연습생 여덟 명을 데뷔시키는 데 잡은 기간은 겨우 2개월이었다.

결성에서 데뷔까지 두 달이라면 너무도 빠듯한 시간이었다.

수현을 뺀 연습생 여덟 명이 1년 전부터 데뷔 조에서 연습을 하고 있던 것을 감안하면 회사 입장에선 충분히 가능하다 보고 있지만, 마지막에 합류한 수현의 연습 기간은 2개월 정도뿐이라, 수현은 연습 기간과 그룹으로 결성이 되어 데뷔까지 도합 4개월 정도밖에 아이돌로서의 준비 기간을 가지지 못했다.

그것이 못내 걱정이 되는 것이다.

하지만 킹덤 엔터나 이재명 사장이 데뷔를 이렇게 빠듯하게 잡은 것에는 이유가 있었다.

준비하던 아이돌 그룹 결성이 이미 생각보다 늦어진 상태였던 것도 있었고, 또 마침 수현이 도전! 드림팀 시즌3의 멤버로 확정이 된 것 때문에 데뷔 시기를 빠르게 잡은 것이다.

기왕 아이돌 그룹을 출격시키면서 공중파 방송이라는 이름을 알릴 건수가 있는데, 그걸 두고 볼 이유가 없었다.

더욱이 얼굴마담이라고 해도 될 정도로 뛰어난 외모를 가지고 있는 수현이 노래와 춤도 여느 아이돌에 못지않은 기량을 가지고 있었다.

그러니 이재명 사장의 입장에서는 신인 아이돌 그룹 데뷔를 성공시키기 위한, 그야말로 조커 카드나 다름없는 카드였기에, 그걸 쓰지 않는 것은 죄악이었다.

두 개의 그룹 중 하나만 성공을 해도 충분히 남는 장사인데, 남은 한 그룹도 그가 생각하기에 콘셉트만 잘 잡으면 충분히 성공할 수 있는 그룹이었다.

수현이 속한 전형적인 아이돌 그룹과 형제 그룹으로 감성 보이스를 무기로 하는 그룹이 함께 데뷔를 한다면 서로가 서로를 견인하며 끌어 올릴 것이 분명했다.

그리고 그렇게 하기 위한 구상도 이미 생각해 두었다.

이를 위해서는 수현이 출연하는 도전! 드림팀 시즌3의 첫 방의 방송 시기가 무척이나 중요한데, 이재명은 이를 위해 도전! 드림팀의 총감독인 유명한 PD와 담판을 지었다.

원래 도전! 드림팀 시즌3의 첫 방송 날짜는 9월 초로 잡혀 있었다.

여름은 지났지만 늦여름에서 초가을 사이에 시즌3를 방영하여 도전! 드림팀 시즌2의 종영 시기에서 3개월 정도의 휴식기를 가지고 바로 시작해 연속성을 주려고 하였다.

그런데 이재명은 그렇게 되면 자신의 계획에 차질이 되기에 이를 몇 주 늦췄다.

9월 초가 아닌 9월 말로 말이다.

KTV의 의도에서 크게 벗어나지 않는 선에서 최대한 방송 시기를 늦춘 것이다.

그렇게 도전! 드림팀 시즌3의 방송 시기를 늦추고, 그 기간 동안 수현이 포함된 그룹의 데뷔곡 녹음을 마쳤다.

노래와 안무는 이미 오래 전 준비가 되었기에 일은 순조롭게 진행이 되었다.

이제 남은 것은 홍보뿐이었다.

그래서 수현도 오랜만에 방송국 스케줄을 하러 나왔다가 최유진을 만나 카페에서 담소를 나누는 중이었다.

"데뷔가 일주일 정도밖에 남지 않았는데, 지금 많이 즐

겨줘!"

"네?"

최유진의 말에 수현은 눈을 동그랗게 뜨며 물었다.

그런 수현의 모습에 최유진은 대답은 해주지 않고 알 수 없는 미소만 지었다.

뚜벅 뚜벅!

"무슨 얘기를 그렇게 재미있게 하고 있어?"

언제 온 것인지 이소진이 두 사람이 있는 테이블로 다가와 물었다.

그녀의 손에는 음료 세 잔이 올려진 쟁반이 들려 있었다.

"그게, 제 데뷔가 이제 일주일 정도밖에 남지 않았잖아요?"

"그렇지."

"그런데 유진 누나가 저보고 그 전에 많이 즐기라고 해서 그게 무슨 소리냐고 물어보는 중이에요."

"아! 그런 것이었어? 벌써 그렇게 됐구나?"

이소진은 수현에게서 두 사람이 무슨 이야기를 하고 있었는지 듣고 고개를 끄덕였다.

"네! 제가 잘 할 수 있을지 걱정이에요."

수현은 조금 전 최유진과 했던 이야기를 다시 하고 있었다.

"걱정은 무슨 걱정! 알아보니 충분히 데뷔할 만하더만!"

이소진은 최유진의 매니저로서 킹덤 엔터에 어느 정도 자리를 잡고 있었다.

그래서 회사 내 정보를 충분히 듣고 있었는데, 그중에서도 신경을 쓰는 정보가 바로 수현의 정보다.

어찌 되었든 자신이 전담하고 있는 최유진과 연관이 있다 보니 신경을 쓰지 않을 수 없었다.

특히나 한 번도 그런 적이 없던 최유진이 개인적으로 수현에게 투자를 하고 있다는 것을 알고 있는 사람 중 하나다 보니, 이소진은 수현에 관해 관심을 두지 않을 수 없었다.

그러던 중 수현이 아이돌 그룹으로 데뷔를 한다는 정보를 들었다.

본격적으로 노래와 춤을 배운 지 몇 개월 되지도 않았는데 아이돌 그룹으로 데뷔를 한다는 소리에 처음에는 다른 사람들이 농담을 하는 것이라 생각을 했다.

그렇지 않은가, 겨우 두 달 교육을 받고 데뷔를 한다는 것이 말이나 되는 소린가? 아무리 아이돌이 기성 가수들에 비해 가창력이나 가수로써 소양이 떨어진다고 하지만 그건 어디까지나 아이돌을 폄하하려는 이들의 근거 없는 헛소리일 뿐이다.

오히려 예전 가수들이 데뷔를 하던 때보다 더 체계적이고 오랜 기간 데뷔 준비를 하기 때문에 초기 능력은 오히려 아이돌 쪽이 더 안정적이고 높다.

예전 가수들은 개인 역량이 뛰어난 이들이 어느 정도 교육을 받은 뒤 곧바로 데뷔를 하다 보니 기본 소양이 부족해 데뷔 초기에 약간의 시행착오가 있을 뿐, 시간이 지나면서 재능이 터져 나오면서 사람의 마음을 뺏었다.

그에 반해 아이돌은 보통 여러 명이 그룹으로 데뷔를 하다 보니 혼자 노래 전곡을 부르는 가수들보다 노래를 부르는 구간이 적다.

그 때문에 사람들은 아이돌이 노래를 못할 것이라는 편견을 가진다.

이소진은 연예 기획사에서 매니저를 하면서 이런 일반인들의 무지몽매한 편견에 대해 한 소리 해주고 싶은 마음도 있지만 그러지 않았다.

어차피 대중이란 자신이 듣고자 하는 소리만 듣는 이들이다.

자신이 아무리 아이돌들이 실력이 뛰어나다고 떠들어 봐야 대중들은 이를 귀 기울여 듣지 않는다.

'이런, 생각이 엉뚱한 데로 샜네!'

이소진은 다시 이야기에 집중하며 수현의 얼굴을 한 번 더 쳐다보았다.

정말이지 처음 수현을 보았을 때와 지금의 수현은 완전 다른 사람이 되었다.

처음 보았을 때만 해도 수현은 깨끗한 피부를 가지고 있었지만, 어찌 되었든 운동을 한 사람임을 딱 알아 볼 수 있을 정도로 각지고 딱딱한 느낌의 사내였다.

그런데 최유진의 경호원으로 활동을 하던 중 모델로 발탁이 되면서 변신을 하였다.

그리고 시간이 흐르면서 수현은 처음 경호원이 되었을 때와 다르게 그냥 보고만 있어도 궁금증을 유발할 정도로 여러 가지 이미지를 가지고 있었다.

어떻게 보면 이전처럼 경호원과 같이 옆에만 있어도 든든한 느낌을 주기도 하고, 또 어떤 때는 안개가 낀 새벽의 숲을 보는 듯 싱그럽고 풋풋한 느낌을 주기도 했다.

그러면서도 또 반대로 정오의 이글거리는 태양처럼 열정적인 모습을 보이다가도, 또 밤에 밝게 빛나는 보름달을 보듯 밝은 면도 있었다.

이소진은 그런 수현의 다채로운 모습에 최유진 이후로 대스타가 될 것이란 예상을 하게 되었다.

'수현이는 우리 킹덤 엔터가 키워낸 최고의 톱스타 최유진 이후 최고의 걸작이 될 거야!'

이소진이 생각하기에 자신이 소속된 킹덤 엔터에서 가장 성공적으로 키워낸 스타는 바로 최유진이었다.

자신이 담당하고 있어서 그러는 것이 아니라 정말로 킹덤 엔터에 소속된 연예인 중 가장 성공한 케이스가 바로 최유진이다.

물론 출연료로 따지면 최유진보다 더 많이 받는 스타가 있기는 하다.

하지만 그것은 최유진이 그들에 비해 이름값이 부족해서 그런 것이 아니라 이는 한국 사회에 만연한 고질적인 문제인 남녀차별 때문이다.

그게 무슨 소린가 하면, 같은 일을 해도 남자가 여자에 비해 임금을 더 받는다.

즉, 남자 연예인이 여자 연예인보다 출연료가 더 비싸다는 말이다.

아무튼 최유진은 킹덤 엔터가 처음부터 계획을 세우고 물심양면으로 역량을 기울여 키운 대스타다.

물론 그녀의 성공에 힘입어 그 뒤로도 많은 이들을 그녀와 같은 스타로 키우기 위해 역량을 동원했지만, 최유진만큼 성공하지는 못했다.

하지만 사장인 이재명을 비롯한 몇몇 회사 관계자들은 수현에게서 오래 전 최유진에게서 보았던 스타성을 보았다.

만약 그것이 착각이 아니라면 킹덤 엔터는 그냥 대박도 아닌 초대박을 칠 것이 분명했다.

조금 전에 언급했다시피, 여자 연예인에 비해 남자 연예인의 몸값은 더욱 비싸다.

즉, 그 말은 수현이 최유진만큼의 명성을 얻게 된다면 수현의 몸값은 최유진 이상으로 높아진다는 말이다.

스타일라이프

물론 수십 년의 격차가 있기에 최유진을 넘지는 못하겠지만, 그건 수현이 경험을 쌓고 연예계 경력이 늘어나면 언젠가는 역전이 될 것이다.

그러니 킹덤 엔터의 종사자들이 수현을 유심히 보는 것은 당연하였다.

그 가운데는 이재명 사장이나 몇몇 이사들 그리고 최유진과 수현을 알고 있는 이소진 등등이 있었다.

수현을 알고 있는 이들은 수현이 성공하리라는 것을 의심치 않았다.

그것을 의심하는 것은 아이러니하게도 수현 본인뿐이었다.

＊　　　＊　　　＊

KTV2 음악은행.

대한민국에 가장 영향력이 큰 음악 방송 중 하나인 음악은행, 오늘 킹덤 엔터에서 야심차게 준비한 아이돌 그룹 '로열 가드'가 데뷔를 한다.

그런데 킹덤 엔터에서 선보이는 이번 아이돌 그룹은 뭔가 특이한 콘셉트를 들고 나왔다.

기존 아이돌 그룹은 여러 명으로 구성된 아이돌 그룹 멤버들 몇 명이 이합집산을 하며 그룹 활동만이 아닌 유닛 활동도 병행하는 방식을 사용했다면, 킹덤 엔터는 반대로 두 개의 그룹을 하나의 그룹으로 데뷔를 시키고 활동은 이원화한다는 전략이었다.

두 개의 그룹을 데뷔 시킨다는 것은 맞지만 전략을 달리한 것이다.

감성 보이스로 무장한 보컬리스트로만 구성된 팀을 담당하기로 했던 김재원 상무가 어떻게 알았는지 이재명 사장이 맡은 댄스 팀의 전략을 알게 되었다.

댄스 팀의 일원이 된 수현이 원래 데뷔하기로 했던 KTV의 간판 예능에 출연을 하기로 했고, 그것을 적극 활용하기 위해 담당 PD와도 입을 맞췄다는 것까지 알게 되자 김재원은 자신이 맡은 아이돌 그룹의 형제 그룹이라 할 수 있는 댄스 팀의 성공 가능성을 알게 되었다.

그러자 김재원은 사장인 이재명을 찾아가 전략의 수정을 건의하였다.

확실하게 데뷔 그룹을 홍보할 수단이 있는데, 굳이 비싼 돈과 시간을 들여 밑바닥부터 새롭게 홍보를 할 필요가 없기 때문이다.

이에 이재명 사장도 김재원 상무의 제안을 면밀히 살펴본 결과 그 제안이 나쁘지 않다고 판단을 하였다.

김재원 상무가 맡은 그룹도, 자신이 맡기로 했던 그룹도 어차피 둘 모두 자신이 운영하는 킹덤 엔터가 데뷔시키려는 자신의 새끼들이었다.

그러니 자신이 맡은 댄스 팀뿐만 아니라 보컬 팀까지 더불어 히트를 칠 수 있다면 이보다 좋은 일이 없었다.

그리고 김재원 상무는 이렇게 합동으로 홍보를 하고 데뷔를 하는 아이들을 위해 그룹명까지 지어오는 성의를 보이기도 했다.

사실 이재명 사장도 이것만은 참으로 골치를 앓았다.

데뷔할 그룹의 그룹명을 정하는 것은 여간 힘든 것이 아니었다.

이름 때문에 데뷔하는 그룹이 망할 수도 있기 때문이다.

홍보만을 위해 이상한 이름을 지었다가는 두고두고 구설수에 오르고, 자칫 노이즈 마케팅을 하기 위해 정말로 엉뚱한 이름을 짓게 된다면 기존의 그룹까지도 도매급으로 취급받을 수도 있기에 신중하게 이름을 지어야만 했는데, 김재원 상무가 생각지도 않은 이름을 가져왔다.

그 그룹명을 들은 이재명은 그 이름이 썩 마음에 들었다.

킹덤 엔터 아이돌 그룹의 그룹명은 그래서 김재원 상무가 정한 '로열 가드'라 지어졌다.

왕실 기사단을 뜻하는 로열 가드는 왕국을 뜻하는 킹덤 엔터에서 배출하는 아이돌이라는 뜻과도 매치되고, 또 그룹 리더인 수현이 도전! 드림팀에 출연하면서 소개된 여왕의 기사라는 별명과 도전! 드림팀 시즌3의 1회 콘셉트와도 매치가 되어 이재명이 생각하기에 이보다 좋은 것이 없었다.

더욱이 댄스 팀의 타이틀곡에 피처링을 해준 최유진을 생각해도 이보다 좋은 그룹명이 없다는 생각이 들어 동의를 하고 김재원 상무의 요청을 받아들였다.

그렇다고 무턱대고 허락을 한 것도 아니다.

리더인 수현을 빼고는 어차피 1년 넘게 함께 연습을 하던 아이들이었기에 보컬 팀이라고 댄스를 못하는 것도, 그리고 댄스 팀이라고 노래를 못하는 것도 아니었다.

그저 주특기가 보컬이고 댄스로 갈릴 뿐이다.

그러니 함께 활동한다고 해서 나쁠 것도 없었다.

뿐만 아니라 김재원은 합동으로 활동을 할 때는 로열 가드라는 그룹명으로 활동을 하고, 원래 계획대로 댄스 팀, 보컬 팀 이렇게 따로 활동을 할 때는 나이트R(로열), 나이트G(가드)이라는 이름으로 활동을 하는 것이 어떠냐는 의견을 냈다.

이 또한 이재명 사장의 기호에 맞았다.

하지만 이 이름을 그룹명으로 받은 아이들은 얼굴을 붉혔다.

그도 그럴 것이 그들이 생각하기엔 너무 마니아 취향의 이름이었기 때문이었다.

아이돌 그룹으로 데뷔를 하는 것이 장난도 아니고, 무슨 기사 놀음이냐는 반응이었다.

하지만 사장을 비롯한 상무이사의 결정이기에 자신들에게 주어진 그룹명이 마음에 들지 않아도 어쩔 도리가 없었다.

더욱이 데뷔 날짜도 몇 개월 남지 않은 시기이기에 데뷔를 준비하는 것만으로도 정신이 없던 아이들은 그냥 받아들이기로 했다.

그리고 통합 그룹의 리더는 가장 연장자인 수현에게 돌아갔는데, 이 모든 계획은 전적으로 활동을 하고 있는 수현을 기반으로 홍보를 하기 위해 준비된 것들이니 수현도 어쩔 수 없이 받아 들였다.

물론 수현은 자신이 데뷔할 그룹이 댄스 팀이 아닌 통합 그룹이라는 것이 조금 놀라기는 했지만, 어차피 아이돌 그룹으로 데뷔를 하는 것도 전혀 예상 밖의 결정이었으니 이러나저러나 매한가지라는 생각에 로열 가드라는 낯간지러운 이름도 선선히 받아들였다.

*　　　　*　　　　*

무대 위, 울리던 음악이 끝나고 춤과 노래를 부르던 가수가 파이널 포즈를 취했다.

그리고 음악이 끝나기 무섭게 무대 조명이 꺼지며 카메라 포커스가 옆으로 돌아가며 화사하고 멋지게 분장을 한 MC들에게 주어졌다.

"네, 잘 들었습니다. 어떻게 들으셨나요? 소연 씨?"

"네! 소녀시절의 노래는 언제 들어도 제 마음을 설레게 만드는 것 같아요."

음악은행의 두 MC인 소연과 종연은 만담을 하듯 방금 노래를 끝낸 소녀시절을 두고 이야기를 하였다.

"대한민국의 여신님들이신 소녀시절의 뒤를 이을 분들은 누구신지 알려주세요."

"소연 씨, 궁금하신가요?"

"네, 정말 궁금해요. 알려주세요!"

MC소연은 정말 궁금하다는 듯 애교를 부리며 종연을 재촉했다.

"그럼 알려드리죠. 소녀시절의 뒤를 이어 우리에게 찾아온 아이돌 가수는 소녀시절의 자매 그룹이죠. XF입니다. 박수로 맞아 주세요!"

종연이 소녀시절의 자매 격인 MS엔터의 XF를 소개하였다.

"어머! 어머!"

그러자 그 옆에서 소연은 연신 감탄성을 지르며 눈을 깜박였다.

MC 종연의 소개가 끝나기 무섭게 MC석의 조명이 꺼지고 카메라는 다시 무대로 향했다.

그리고 무대 위에는 언제 나왔는지, XF멤버들이 나와 준비를 하고 있다.

＊　　　＊　　　＊

가수 대기실 한쪽에 마련된 TV 화면에는 음악은행에 출연하는 가수들이 하나둘 나와 노래를 부르는 모습이 나오고 있었다.

그리고 그런 선배 가수들의 모습을 지켜보는 시선들이 있었다.

"윤호야! 나 화장실 한 번 더 갔다 와야 할 것 같다."

성민은 친구인 윤호를 보며 말했다.

데뷔를 하기 위해 몇 년을 회사에서 교육을 받고 연습을 했다.

뿐만 아니라 1년 전 데뷔 팀에 뽑혀 집중 교육까지 받았다.

그러고는 드디어 데뷔를 하게 되었는데, 막상 몇 분 뒤면 TV에 보이는 무대에 나가 노래를 불러야 한다는 것이 여간 부담스러운 것이 아니었다.

실수를 하면 어떻게 하나 하는 생각 때문에 자꾸만 긴장이 되었다.

그러다보니 요의가 찾아왔고, 벌써 화장실을 다녀온 것만 해도 다섯 번이 넘었다.

한두 번은 소변이 나오기도 했지만 그 뒤로는 소변이 나오지도 않았다.

그렇지만 성민은 긴장 때문에 신호가 정말로 방광이 차서 느껴지는 것인지, 아니면 긴장 때문에 착각을 하는 것인지 알 수가 없어, 옆에 있는 윤호만 붙들고 이야기를 하였다.

"무슨 화장실을 그리 자주 가! 참아!"

자꾸만 옆에서 성민이 화장실을 간다고 수선을 피우는 것을 더 이상 참지 못한 진운이 소리쳤다.

사실 그 또한 긴장 때문에 약간의 요의가 느껴지긴 했지만 얼마 뒤면 자신들도 무대로 나가야 하기에 참고 있는 중이다.

"그래, 조금 뒤면 우리 순서이니 지금은 참아라!"

옆에서 듣고 있던 수현이 낮은 목소리로 성민을 타일렀다.

"그리고 다들 연습 열심히 했잖아? 너무 긴장들 하지 말고, 우리 연습한 대로만 하면 실수하지 않을 것이니 모두 긴장들 하지 마. 자! 다들 모여 봐!"

수현은 아이들이 너무 긴장을 하고 있는 것 같아 파이팅이라도 하자고 하려고 하였다.

하지만 대기실 문이 열리고 인 이어를 낀 스태프가 들어오며 소리쳤다.

"로열 가드! 준비하세요."

"알겠습니다!"

방송 스태프의 출연에 수현은 어쩔 수 없이 대답을 하고 멤버들을 돌아보았다.

"비록 임시로 합동 데뷔를 하지만 지금은 우리 모두 하나라는 것만 생각하고 열심히 하자!"

"알겠어요."

"알겠습니다."

수현이 침착하게 한마디 하자, 긴장을 하고 있던 아이들이 대답을 하였다.

로열 가드는 긴장된 표정으로 매니저를 따라 복도를 걸었다.

한참을 걸어가니 무대 뒤가 나왔다.

로열 가드가 도착한 무대 뒤에는 이들 뿐만 아니라 또 다른 그룹이 대기를 하고 있었다.

그들의 무대가 끝나면 바로 로열 가드의 데뷔가 정식으로 방송을 타는 것이다.

"트윙클! 준비하세요. XF 무대 끝나면 바로 들어갑니다."

무대 위에 있는 XF의 노래가 클라이맥스로 들어가고, 방청석에서 울려 퍼지는 팬들의 응원 소리가 더욱 고조되었다.

하지만 무대 뒤에서 오늘 데뷔를 준비하는 로열 가드 멤버들의 귀에는 그런 소리가 전혀 들어오지 않았다.

음악이 멈추고 XF의 무대가 끝났다.

그녀들이 무대 뒤로 나오자, 로열 가드의 앞서 대기를 하던 트윙클이 무대 위로 올랐다.

"수고하셨습니다."

수현을 비롯한 로열 가드 멤버들은 무대를 내려오는 선배인 XF를 향해 인사를 하였다.

"네, 수고하세요."

로열 가드의 인사를 받은 XF 멤버들은 대기를 하고 있는 로열 가드 멤버들에게 간단한 답변을 하고 자신들의 매니저를 따라 퇴장을 하였다.

XF가 로열 가드 멤버들의 인사에 그렇게 짧은 답변만 하고 자리를 떠난 이유는 그녀들이 데뷔를 한 지 얼마 되지 않은 신인 여성 그룹이었기 때문이다.

괜히 남자 아이돌과 대화를 하다 스캔들에 휘말리게 되면 이름을 알리기도 전에 묻힐 수 있기 때문에 무척이나 조심을 해야 한다.

가뜩이나 최고 여성 아이돌 그룹인 소녀시절의 자매 그룹이라는 명칭으로 홍보를 하여 기껏 띄워 놓았는데, 엉뚱한 스캔들로 추락을 할 수도 있기에 관리에 들어간 것이다.

그러한 사실을 잘 알기에 자신들의 인사말에 별다른 답변을 하지 않고 떠나는 XF의 모습에도 로열 가드 멤버들은 별다른 관심을 보이지 않았다.

사실 갓 데뷔를 앞둔 그들에게는 지금 주변의 예쁜 여자 아이돌의 모습이 눈에 들어오지 않았기 때문이기도 했다.

아마 어느 정도 시간이 지나면 장난치기 좋아하는 몇몇 멤버들은 여자 아이돌에게 눈을 돌릴 가능성이 높지만 지금은 아니었다.

"로열 가드 준비하세요. 트윙클의 무대가 끝나면 MC들의 소개가 있을 것입니다. 그리고 바로……."

음악은행 스태프의 설명이 들렸다.

로열 가드는 열심히 그 말을 경청했다.

리허설과 드레스 리허설까지 했지만, 혹시나 실수를 할수도 있기에 스태프의 설명을 하나도 놓치지 않기 위해 귀를 기울였다.

"변경 사항은 없으니 리허설 때, 했던 그대로 동선 잊지 말고 그대로 하시기 바랍니다."

"알겠습니다."

설명을 마친 스태프가 자리를 떠나고, 언제 돌아왔는지 이들의 매니저가 마지막으로 주의를 주었다.

"난 방청석에 가서 지켜볼 테니 무대 끝나고 다른 곳으로 가지 말고 바로 대기실로 가!"

"알겠습니다."

리더인 수현이 매니저의 말에 대표로 대답을 하였다.

지금 매니저는 원래 수현에게 배정된 매니저가 아니라 보다 직급이 높은 매니저로, 톱스타 최유진의 매니저를 보고 있는 이소진과 같은 실장이었다.

매니저가 자리를 떠나고 바로 앞선 트윙클의 무대가 최고조에 이르렀다.

"준비하세요!"

차례가 바로 앞으로 다가오자 스태프가 소리치고 있었다.

수현과 로열 가드 멤버들은 긴장된 표정으로 대기를 하였다.

*   *   *

"어여쁜 가요계의 요정, 트윙클의 무대였습니다. 다음 순서는 누구죠?"

MC 소연은 종연을 보며 물었다.

"예, 이번 순서는 아홉 명의 멋있는 기사님들입니다."

"기사님이요? 그게 뭐죠?"

기사님이란 종연의 소개에 소연이 고개를 갸웃거리며 물었다.

"가요계의 왕국, 킹덤 엔터에서 신예 남성 아이돌 그룹을 내보냈습니다. 왕국을 지키는 최고의 기사단! 로열 가드입니다. 박수로 맞아 주세요!"

와아아!

짝짝짝짝!

MC종연의 소개가 끝나기 무섭게 방청석에서 요란한 환호성이 터졌다.

이 때문에 방청석과 가까운 곳에 위치한 MC석에 있던 소연과 종연은 깜짝 놀랐다.

이제 갓 데뷔를 하는 그룹의 소개를 했는데, 응원의 박수까지는 이해가 가지만 이렇게 환호성을 지르는 경우는 무척이나 특이했기 때문이다.

사실 두 MC는 오늘 데뷔를 하는 킹덤 엔터의 신인 아이돌에 대해 별로 아는 것이 없었다.

그저 큐 카드에 적혀 있는 것 정도였기에 방청석에서 들린 커다란 환호성이 의아했다.

쿵! 쿵!

저벅! 저벅!

웅장한 음악 소리와 함께 발걸음 소리가 들렸다.

그런데 일반적인 발걸음 소리와는 뭔가 조금 달랐다.

마치 쇠로 된 신발을 신은 것처럼 발걸음 소리와 함께 쇳소리까지 함께 들렸던 것이다.

이에 방청석에 앉아 음악은행을 방청하던 사람들은 그 소리에 압도가 된 것인지, 한 순간에 환호성이 멈추고 고요해졌다.

＊　　　　＊　　　　＊

"왕국을 지키는 최고의 기사단! 로열 가드입니다. 박수로
맞아 주십시오."

MC의 소개가 끝나고 무대 위로 음악 소리와 함께 발걸
음 소리가 울려 퍼졌다.

저벅! 저벅!

수현과 로열 가드 멤버들은 발걸음 소리에 맞추어 천천히
무대 위로 걸어 내려갔다.

가운데 선두에 리더인 수현이 자리를 하고, 그 뒤로 로열
가드 멤버들이 삼각형의 대형을 그리며 뒤를 따랐다.

그런데 그들의 손에는 무대 뒤에선 보이지 않던 소품이
들려 있었다.

휘익! 휙! 휙! 휙!

그들의 손에는 날렵한 펜싱 검이 한 자루 들려 있었고,
이들은 흘러나오는 음악에 맞춰 검을 휘둘렀다.

그 때문에 펜싱 검이 공기를 가르는 날카로운 바람 소리
와 스피커에서 흘러나오는 음악 소리가 어우러져 방청객들
의 귀를 때렸고, 더불어 그들이 휘두르는 검에 조명이 반사
가 되어 번쩍이는 모습이 무대에 깔린 드라이아이스 연기와

함께 몽환적인 그림을 연출했다.

킹덤 엔터에서는 오늘 데뷔를 하는 로열 가드를 위해 무대 연출에 비용을 아끼지 않았는데, 이는 그만큼 킹덤 엔터에서 로열 가드를 밀고 있다는 것을 반증하는 것이었다.

*　　　*　　　*

쿵쾅! 척!

로열 가드의 타이틀곡이 끝나고, 무대의 조명이 어두워졌다.

다다다닥!

무대가 어두워지기 무섭게 수현과 나이트R 멤버들이 무대 뒤로 사라지고, 무대 위에는 나이트G 멤버들만 남았다.

웅성! 웅성!

조명이 들어오고, 무대 위에 조금 전까지만 해도 아홉 명이나 되는 많은 인원들이 그 절반인 네 명 정도만 남아있는 모습이 보이자 방청석에서 작게 소란이 일었다.

"로열 가드의 유닛 그룹입니다. 나이트G의 Glory 들어보시겠습니다."

방청석에 작은 소란이 이는 것에 MC종연이 빠르게 소개를 마쳤다.

종연의 소개가 끝나기 무섭게 은은하고 장엄한 음악 소리가 스피커를 통해 들리고, 그에 맞춰 반짝이는 은색 정작을 입고 있는 나이트G의 멤버들이 마이크를 들고 노래를 부르기 시작했다.

— *아픈 기억에 상처 입은 그대. 이제 우리가 감싸 안아줄게요.*

나직하지만 듣는 이로 하여금 심장을 두근거리게 하는 울림이 되어 가슴을 때렸다.

그 때문인지 나이트G의 노래를 듣는 방청객의 모습은 조금 전 로열 가드로서 아홉 명이 부르던 노래에 심취해 환호를 부르던 모습과는 달리 어느덧 차분하고 상기된 표정으로 무대 위 노래를 부르고 있는 네 명을 주시하고 있었다.

그리고 방청객뿐만 아니라 방금 전 무대를 내려간 수현과 나이트R 멤버들도 코디가 무대 뒤에 가져다 둔 의상으로 갈아입으며 그 모습을 차분하게 지켜보았다.

회사의 계획 변경으로 하나의 그룹으로 합동 데뷔를 하고 이번엔 또다시 유닛으로 먼저 데뷔하는 나이트G의 무대를 보며, 방금 전 무대를 마친 것 때문에 흥분한 마음을 가다듬었다.

"잘하네!"

"그러게요."

수현이 나이트G의 무대를 보며 작게 중얼거린 것을 박정수가 그 말을 받아 대답을 하였다.

"어? 준비는 다 했어?"

그저 혼자 중얼거린 것뿐인데 옆에서 대답을 하자 깜짝 놀란 수현이 정수를 보며 물었다.

"뭐 준비할 것이 있나요. 그냥 옷만 갈아입으며 끝나는 것인데."

박정수는 별거 아니란 듯 뒤를 돌아보며 대답을 하였다.

그리고 그가 보는 곳에는 언제 옷을 갈아입었는지 나이트R의 남은 멤버들이 모두 서 있었다.

"이제 한 곡 남았다. 실수하지 말고 연습한대로 잘 마무리하자!"

수현은 멤버들이 모두 모이자 작지만 강한 어조로 이야기했다.

"알았어요."

"알겠습니다."

"그래, 그럼 준비하자!"

멤버들의 대답을 들은 수현은 곧 나이트G의 노래가 끝날 것을 알기에 스태프가 부르기 전에 앞장서서 준비를 하였다.

그리고 이들이 대기를 하기 위해 움직이기 무섭게 나이트G의 무대가 끝났다.

나이트G의 노래가 끝나자, 연이어 나이트R의 데뷔곡이 흘러 나왔다.

그에 맞춰 노래를 끝낸 나이트G가 빠르게 무대를 빠져나오고, 대기를 하던 나이트R 멤버들은 마치 문을 열고 나오듯 문처럼 꾸며진 배경을 통해 걸어 나왔다.

쿵! 착! 쿵쿵! 착!

무대 중앙으로 나온 나이트R 멤버들은 음악에 맞춰 강렬한 춤을 추기 시작했다.

조금 전 형제 그룹인 나이트G의 무대와는 대조가 되는 무척이나 강렬한 퍼포먼스를 선보이며 사람들의 시선을 빨아들였다.

"하아!"

노래가 시작되기 전 갑자기 이들은 커다란 기합을 질렀다.

이들의 퍼포먼스에 시선을 빼앗겼던 방청객들은 갑작스럽게 고함을 지르는 이들의 모습에 깜짝 놀랐다.

"뭐지?"

방청석 여기저기서 이들의 행동에 웅성거리는 소리가 들렸다.

하지만 나이트R 멤버들은 이에 당황하지 않고 노래를 시작했다.

— 멈추지 않고 달려, 널 향해 힘껏 소리쳐!

　노래를 하면서도 조금 전 형제 그룹인 나이트G와는 다르게 무척이나 다이내믹한 동작들을 펼치며 라이브로 노래를 하는 나이트R의 모습에 노래를 듣고 있던 방청객들은 하나둘 이들의 노래와 퍼포먼스에 빠져들었다.

　비록 자신들이 응원하는 가수나 아이돌 그룹의 노래는 아니었지만 충분히 빠져들 만한 요소가 많았기에 나이트R의 무대에 심취한 것이다.

　더욱이 나이트G는 물론이고 나이트R 멤버들 모두 상당한 외모를 가지고 있었으며, 키도 출중해 어떻게 보면 아이돌 가수가 아닌 모델을 보는 듯하여 방청석에 앉아 있는 여성 팬들의 시선뿐만 아니라 남자들의 시선 또한 끌었다.

　그런데 나이트R의 노래가 흘러나오는 중, 사람들의 귀를 의심케 하는 소리가 들리기 시작했다.

　분명 어디선가 들어본 목소리인데, 누군지 딱 떠오르지 않았다.

　아니, 스피커를 통해 들려온 여성의 목소리에서 누군가를 떠올리기는 했지만 설마 이제 갓 데뷔를 하는 신인 아이돌 그룹의 노래에 그녀가 피처링을 해주었을 것이라고는 생각할 수 없었기에 떠오르는 인물을 무의식적으로 외면을 하였다.

그러다 보니 도대체 무대 위에서 노래를 부르는 아이돌 그룹의 노래에 피처링을 해준 여자 가수가 누굴까 하는 의문이 들었다.

너무도 감미롭고 신비한 목소리의 주인공에 관심이 간 것이다.

어떻게 보면 나이트R의 데뷔 무대에 자칫 악영향이 있을 수도 있었다.

주객이 전도가 되어 데뷔를 한 나이트R에 대한 홍보가 아닌, 피처링을 한 가수에게 포커스가 쏠릴 위험이 있는 일이었다.

하지만 킹덤 엔터에선 로열 가드의 데뷔 무대를 망칠 생각이 없었다.

사람들이 나이트R의 데뷔곡에 피처링을 한 여자 가수의 정체에 궁금증을 느끼고 있을 때, 무대 뒤에서 검은 실루엣이 마이크를 들고 나타났다.

그리고 실루엣의 주인공이 밝은 무대 앞으로 걸어 나오자, 방청객들은 일제히 환호를 하였다.

"와!"

무대 위로 나온 실루엣의 주인공은 바로 아시아의 여왕이라 불리는 톱스타 최유진이었기 때문이다.

예전에는 아이돌 가수였지만 이제는 노래보다는 연기 활동을 주로 했기에 이렇게 가요 무대에선 좀처럼 볼 수 없는 최유진이 나타난 것 때문에 이를 목격한 방청객들은 놀라면서도 환호를 보냈다.

그리고 그건 음악에 맞춰 춤을 추고 있던 수현도 마찬가지였다.

몇 시간 전에도 방송국 밖에서 만났다.

하지만 그때까지만 해도 최유진은 자신에게 방송에 출연한다는 사실을 단 한마디도 언급을 하지 않았다.

그저 데뷔 잘하라는 격려를 해주었을 뿐이었다.

그런데 지금 데뷔 무대 마지막에 그녀가 나타난 것이다.

물론 최유진이 지금 부르고 있는 자신의 데뷔곡에 피처링을 해준 것은 알았다.

하지만 그녀의 스케줄상 음악은행에 출연할 수 없다는 이야기를 들었다.

그 때문에 그녀가 피처링한 부분은 MR로 틀기로 하였는데, MR이 아닌 직접 부를 것이라고는 상상도 못했다.

그 때문인지 방청석에서는 때 아닌 반딧불이 번쩍이기 시작했다.

원래 그런 것은 촬영에 방해가 되기에 절대 하면 안 되는 금기된 일이었지만, 평소 보기 어려운 톱스타 최유진이 음악은행에 출연한 것에 놀란 방청객들은 이런 룰을 무시하고 가지고 있는 휴대폰에 그녀의 모습을 담기 시작한 것이다.

Chapter 2
도전! 드림팀 시즌3

킹덤 엔터는 2년 만에 남자 아이돌 그룹을 선보였다.

그 전에도 남자 아이돌 그룹을 내놓을 계획이었지만 데뷔를 준비하던 멤버 중 일부가 중간에 문제를 일으키면서 탈퇴를 하고, 그와 더불어 몇몇 멤버들이 외부의 유혹에 넘어가 회사를 나가면서 엎어졌다.

그 때문에 킹덤 엔터에서 남자 아이돌 그룹을 새롭게 구성을 하는데 시간이 이렇게 오래 걸린 것이다.

그러면서 모험적으로 두 개의 그룹을 하나의 그룹으로 묶어 선보이고 또 유닛으로 원래 기획되었던 것처럼 두 개의 그룹을 데뷔시켰다.

그리고 그 전략은 대 성공을 거뒀다.

통합 그룹의 리더인 수현의 인지도를 이용해 그룹을 홍보한다는 전략이 들어맞은 것이다.

물론 리더인 수현의 인지도가 그 정도로 대단한 것은 아니었다.

다만 고정으로 출연하게 된 예능과 연예계 데뷔 전, 수현이 몸담았던 직업 그리고 최종적으로 방송 데뷔 후 며칠 지나지 않아 수현이 출연한 도전! 드림팀 시즌3가 방영이 되면서 수현의 이름은 물론이고, 통합 그룹 로열 가드와 유닛 그룹인 나이트R의 이름이 실시간 검색 1위에서 5위까지 골고루 연관 검색어에 자리 잡으면서 형제 그룹인 나이트G까지 대중에게 이름을 널리 알리게 되었다.

특히나 로열 가드와 함께 검색되는 최유진의 이름이 수현과 로열 가드의 이름을 알리는데 지대한 영향을 끼쳤다.

그게 무슨 소린가 하면, 도전! 드림팀의 시즌3가 첫 방송을 할 때까지만 해도 수현의 이름이나 로열 가드의 이름은 아주 잠깐 언급이 된 정도에 그쳤다.

KTV 음악은행에 깜짝 출연한 최유진 때문에 반짝 인기를 끌기는 했지만 하루에도 몇 팀씩 쏟아지는 아이돌 그룹 중 하나로 인식이 될 뿐이었다.

물론 킹덤 엔타라는 대형 기획사에서 나왔기에 중소 기획사에서 나온 아이돌보단 많은 주목을 받은 것은 사실이지만, 그렇다고 아주 대단한 주목을 받은 것도 아니다.

하지만 도전! 드림팀 시즌3의 1화 말미에 방영된 예고편이 나가고 상황은 확 바뀌었다.

시즌3가 시즌2와 어떻게 바뀌는지와 새롭게 바뀐 장애물 그리고 최종적으로 감옥에 갇힌 공주를 구한다는 콘셉트는 도전! 드림팀의 초기 시즌1 때로 돌아가는 듯한 향수를 불러 일으켰다.

그리고 결정적으로 시즌3의 첫 번째로 구출할 공주의 모습이 살짝 보였을 때, 도전! 드림팀 시즌3는 첫 방송이 끝나기 무섭게 실시간 검색 1위를 차지했다.

주제는 도전! 드림팀 시즌3의 공주가 누구냐는 것이다.

살짝 아주 짧은 시간에 스치고 지나간 화면 때문에 정확하게 누군지 확인할 수 없었지만, 상당한 미녀라는 것은 짐작할 수 있었다.

그 때문에 새로운 도전! 드림팀의 공주 또는 여왕 구출 미션의 주인공 찾기가 때 아닌 열풍을 만들었다.

많은 미녀 연예인들이 언급이 되었지만, 도전! 드림팀 연출자들은 이런 팬들의 질문에 전혀 대꾸를 해주지 않았다.

팬들의 그런 관심이 시청률로 연결이 된다는 것을 너무도 잘 알기에 굳이 미리 공주의 정체를 밝힐 이유가 없는 것이다.

그리고 내부적으로 구출이 될 공주의 정체는 실제로 구출이 될 때까지 밝히지 않을 계획이었다.

하지만 사전 녹화를 하였기에 도전! 드림팀 연출자들은 1호 공주가 2화에서 구출이 된다는 사실을 알고 있다.

1호 공주가 구출이 되었기에 다음 촬영에는 또 다른 미녀 스타를 섭외를 해야 하지만 유명한 PD를 비롯한 도전! 드림팀 연출자들은 별 걱정이 없었다.

시즌3에 들어가면서 이전 시즌2와는 다르게 여러 기획사들과 협력을 하고 있기에 미녀 스타 수급은 별로 어렵지 않기 때문이고, 또 그 이유 말고도 시즌3의 인기가 심상치 않기 때문이었다.

그리고 실제로 2화의 시청률은 20%가 넘어간 21.3%를 찍었고, 공주 구출 미션이 성공하는 순간의 시청률은 그보다 7%가 높은 28.9%에 달했다.

이는 일요일 오전 공중파 예능 중에서, 아니 일요일 방영되는 예능 프로그램에서 단연 1위의 시청률을 자랑했을 뿐만 아니라, 일요일 방영된 전체 프로그램 중에서도 KTV의 주말 드라마 '아버지가 너무해!'의 34.1%에 이어 2위의 시청률을 거뒀다.

이 때문에 담당 PD인 유명한은 예능 국장에게 불려가 격한 격려와 함께 금일봉을 받았다는 후문이다.

*   *   *

스타라이트

"안녕하십니까!"

와!

도전! 드림팀의 MC 이훈재가 마이크를 들고 카메라를 보며 인사를 하였다.

그러자 저 멀리서 이를 지켜보던 관객들이 환호성을 지르며 이훈재의 인사에 반응을 보였다.

"MC 이훈재입니다. 도전! 드림팀이 드디어 시즌3로 돌아왔습니다!"

짝짝짝!

이훈재의 멘트가 끝나기 무섭게 또 다시 환호와 박수 소리가 현장을 울렸다.

"도전! 드림팀이 새롭게 시즌을 맞아 세트와 장애물을 대폭 개편하여 보다 어려운 미션을 가지고 돌아왔습니다."

MC인 이훈재는 도전! 드림팀 시즌3가 어떻게 바뀌었는지 시청자들에게 자세히 설명을 하였다.

도전! 드림팀 시즌3의 콘셉트는 초기 시즌1 때의 콘셉트를 다시 도입하여 공주 구출이라는 것을 들고 돌아왔으며, 용에게 공주가 납치되어 높은 탑에 감금이 되었다는 설정이다.

그리고 공주를 구출하러가는 중간 중간 설치된 장애물은 공주를 구출하려는 용사(출연자)를 방해하기 위해, 용이 건설을 했다는 설정과 함께, 절대 쉽게 용사가 공주를 구출하지 못하게 방해를 할 것이란 것을 알려주었다.

"첫 번째 장애물은 경사가 진 협곡 미션으로, 협곡은 각각 60도의 경사로 되어 있으며 발 디딜 곳은 직경 50㎝의 작은 디딤판뿐입니다. 그리고……."

이훈재가 첫 번째 장애물의 모양을 설명을 하는 동안, 카메라가 첫 번째 장애물을 비추었다.

결코 쉽지 않은 난이도의 장애물이었다.

어떻게 보면 간단해 보이지만 이 장애물은 스피드와 판단력을 요하는 장애물이었다.

60도의 경사는 조금만 속도를 줄여도 밑으로 미끄러질 수 있고, 또 발 디딜 곳도 경우 직경 50㎝밖에 되지 못하기에 판단력도 중요했다.

그런데 어려운 장애물은 그 뿐만이 아니었다.

미션 초기에는 체력이 충분하기에 스피드와 순발력만으로도 충분히 첫 번째 미션을 통과할 수 있다.

하지만 두 번째 미션은 그것만으로는 통과할 수 있다고 장담할 수 없는 미션이었다.

빙글빙글 돌아가는 장애물과 불규칙적으로 튀어 나와 용사의 진행을 방해하는 블록, 그뿐만이 아니라 양 옆에서 쏘아대는 물줄기는 용사가 균형을 잡는 것도 힘들게 만들었다.

이렇게 첫 번째와 두 번째 장애물을 통과하면 세 번째 장애물을 만나는데, 이는 처음과 두 번째 미션보단 쉬웠다.

5m 높이 경사의 언덕을 오르는 것으로, 언덕의 경사는 65도나 되었다.

미션은 이것으로 끝이 아니다.

그렇게 경사 언덕을 오르면 10m 떨어진 곳까지 위에 매달린 철봉을 잡고 미끄러져 내려가야 한다.

그런데 단순하게 미끄러지는 것이 아니라 중간 중간 계단처럼 급격히 떨어지는 부분이 있어 이때 철봉을 꼭 붙잡아야지 그렇지 않고 방심을 했다가는 떨어지는 충격에 철봉을 놓칠 수도 있었다.

이런 구간이 세 곳이나 되었다.

그렇게 장애물을 통과하면 또 다시 쏟아지는 물줄기를 통과해 경사 언덕을 밧줄 하나만을 의지해 올라야 했다.

이렇게 장애물 하나하나를 카메라에 담으며 MC 이훈재가 설명을 하자 조금 전까지 환호를 보내던 관객들은 입을 떡 벌리며 놀라워했다.

그도 그럴 것이 과연 도전! 드림팀에 출연하는 출연자들이 저 장애물들을 모두 통과를 할 수 있을까 하는 의문과 최종적으로 감옥에 갇혀 있는 공주를 구해낼 수 있을지 의문이 들었기 때문이다.

몇몇 장애물이야 조금 어렵기는 하지만 통과할 수 있을

것이라 생각이 들지만, 중간중간 보이는 장애물과 공주가 간혀 있는 감옥 바로 직전에 있는 최종 장애물은 관연 통과할 수 있는 장애물인가 의심이 들었다.

그리고 그건 이를 보고 있는 관객뿐만 아니라 장애물을 소개하는 MC 이훈재와 방송의 재미를 위해 중계를 하는 이명진과 김종현도 마찬가지기에, 현장을 지휘하는 유명한 PD를 돌아보았다.

그렇게 장애물 소개가 끝나고, 이훈재는 고개를 돌려 첫 번째 도전자를 불렀다.

"자! 장애물 소개는 이 정도로 마치고 공주를 구할 첫 번째 용사를 불러보겠습니다."

와! 와!

이훈재의 말이 끝나기 무섭게 환호성이 들리고, 그 소리를 들으며 이훈재는 큰 목소리로 첫 번째 도전자를 불렀다.

"공주를 구할 첫 번째 용사, 나오세요."

두구두구두구— 펑! 펑!

MC이훈재의 외치기 무섭게 긴장감을 조성하는 드럼 소리와 폭죽 소리가 크게 울렸다.

휘익!

이훈재의 뒤쪽에 마련된 문이 열리고 누군가 뛰어나왔다.

"안녕하세요! 스타파이브의 김준영입니다."

첫 번째 도전자는 아이돌 그룹 스타파이브의 서브 보컬

김준영이었다.

말이 서브 보컬이지 그는 사실 스타파이브의 얼굴 마담 역할을 하는 존재였다.

잘생긴 외모를 가졌지만 노래 실력은 가수가 되기에는 조금 모자라는 수준이었다.

아무리 아이돌이라고 해도 원래라면 뽑히지 않았을 것이지만, 집안 형편이 좋은 관계로 자금 지원을 대가로 아이돌 그룹 스타파이브의 멤버가 될 수 있었다.

그렇지만 잘생긴 외모로 인해 떨어지는 보컬 실력은 감춰지고, 스타파이브 내에서 상당한 인기를 끄는 멤버로 자리를 잡고 있다.

하지만 그럴수록 팀 내에서 그는 외톨이가 될 수밖에 없었다.

노래와 춤은 별로지만 외모 때문에 인기를 갖는 멤버를 좋아할 멤버는 없다.

그러니 김준영은 필사적으로 자신이 스타파이브에 도움이 되는 멤버란 것을 알리기 위해 예능에 출연을 하여 열심히 노력을 하고 있다.

그리고 도전! 드림팀 시즌3에 출연을 하면서 확실하게 자신의 자리를 잡기 위해 필사적인 각오를 다지고 있었다.

"스타파이브 김준영 씨! 노래 잘 듣고 있습니다."

"음!"

MC 이훈재가 노래 잘 듣고 있다는 말에 김준영은 작게 신음을 흘렸다.

다만 그게 마이크를 들고 있는 이훈재의 옆이라 비록 작게 흘린 신음이었지만 마이크를 타고 여과 없이 방송에 나갔다.

하지만 김준영은 방금 전 자신의 노래 실력이 없음을 비꼬는 듯한 MC 이훈재의 말을 들었으면서도 까마득한 연예계 선배인 이훈재에게 어떤 항의도 하지 못하고 그냥 넘길 수밖에 없었다.

"첫 번째 도전자로서 각오 한 번 들어보겠습니다."

이훈재는 김준영의 굳어진 표정을 보면서도 별다른 위로 없이 진행을 하였다.

"네, 용에게 납치된 공주님을 꼭 제 손으로 구출을 하겠습니다."

비록 이훈재의 조금 전 말이 살짝 기분을 거슬렸지만 그는 선배이고 또 카메라가 돌고 있기에 김준영은 그런 것을 모두 잊고, 앞으로 해야 할 미션에 집중을 하였다.

"네, 각오 잘 들었습니다. 그럼 준비 되셨으면, 출발!"

파악!

MC이훈재의 말이 떨어지고 김준영은 출발선 앞에 섰다.

그러자 바닥에서 하얀 연기가 터지며 솟아올랐다.

"후우… 압!"

심호흡을 잠시 하고 짧게 기합을 지른 김준영은 빠른 걸음으로 앞으로 나갔다.

"첫 번째 용사, 김준영! 협곡에 도착을 합니다."

김준영이 첫 번째 장애물로 접근을 하자, 이를 보고 있던 이명진이 해설을 하기 시작했다.

"첫 번째 주자인 김준영은 어떤 사람입니까?"

이명진의 옆자리에 앉아 있는 김종현이 김준영에 대해 물었다.

물론 김종현이 김준영을 몰라서 질문을 하는 것은 아니었다.

모두 방송을 위해, 시청자들에게 김준영을 그리고 그가 소속된 스타파이브라는 그룹을 알리기 위해 일부러 질문을 한 것이다.

"아 네, 김준영이 누군가 하면, 마룬 엔터에서 올해 데뷔시킨 5인조 남성 아이돌 그룹인 스타파이브의 멤버 중 한 명으로… 이렇게 구성이 되어 있습니다."

"아! 그렇습니까? 멤버별로 자신이 맡은 역할이 확실하군요."

"그렇습니다. 김준영은 어려서부터 엄친아로 알려진 운동과 공부 양면에 두루 탁월한 인재라고 합니다."

이명진은 김준영이 속한 마룬 엔터에서 넘긴 김준영의 프로필을 읽으며 김준영에 대한 소개를 하였다.

그러는 동안 김준영은 첫 번째 장애물인 협곡을 건너고

있었다.

경사가 지고 발 디딜 곳이 아주 작은 장애물이었지만, 조금 전 이명진이 설명을 했던 것처럼 운동에 자신이 있는 그는 쉽게 첫 번째 경사 협곡을 통과하였다.

"스타파이브의 김준영! 확실히 엄친아라 불리는 사람답게 쉽게 첫 번째 장애물 통과합니다."

김준영이 장애물을 통과하기 무섭게 이명진은 호들갑스럽게 중계를 하였다.

이것이 또 도전! 드림팀의 재미 요소였다.

짝짝짝짝!

촤아!

김준영이 첫 번째 장애물을 통과하자 뒤로 이를 축하라도 하듯 관객들이 박수를 쳤고, 그에 맞춰 연기와 함께 바람이 솟아올랐다.

휘익!

빙글 돌아가는 두 번째 장애물을 향해 김준영이 뛰었다.

하지만 두 번째 장애물에 오르기 무섭게 김준영은 중심을 잡지 못하고 비틀거리기 시작했다.

그도 그럴 것이 올라선 장애물이 회전을 하다 보니 그 위에서 중심을 잡기가 너무도 어려웠기 때문이다.

팡!

"어어!"

첨벙!

너무도 순식간이었다. 두 번째 장애물 위에서 중심을 잡기 위해 몸을 고정시키던 찰나, 느닷없이 블록이 튀어 나와 김준영은 그만 장애물에서 떨어져 물이 가득 들어 있는 풀에 빠지고 말았다.

"아! 이런, 스타파이브의 김준영! 두 번째 장애물에서 안타깝게 탈락합니다."

이명진은 방금 전 자신이 엄친아라 소개를 했던 김준영이 두 번째 장애물에서 떨어져 미션을 실패하자 안타깝다는 표정으로 소리를 질렀다.

"엄친아라면서요?"

이명진이 안타까워하는 것과 대조적으로 옆자리에 앉아 있던 김종현은 뚱한 표정으로 이명진을 보며 물었다.

이 또한 도전! 드림팀의 콘셉트인데, 이명진이 코미디언 출신답게 재미난 입담으로 해설을 하면, 김종현은 아나운서 출신답게 때로는 진솔한 표정으로, 또 때로는 이명진의 장난에 함께 어울리며 상황에 맞게 해설을 하며 도전! 드림팀을 더욱 재미있게 중계를 하였다.

"아, 잠시 제 정보에 오류가 있었던 점, 깊이 사과를 드립니다."

이명진은 급히 김종현을 보며 사과의 말을 하였다.

하하하하!

그런 두 사람의 만담과 같은 해설을 들으며 주변에 있던 관객들의 웃음소리가 여과 없이 방송을 탔다.

"아, 두 번째 용사가 나왔군요."

자신의 실수를 얼른 덮으려는 듯 이명진은 급히 무대를 보며 소리쳤다.

이명진이 소리친 것처럼 무대 위에는 김준영에 이어 두 번째 주자가 나와 있었다.

"이상현 씨! 첫 번째 용사인 김준영 씨가 두 번째 장애물에서 탈락을 하셨는데, 어떻게 보셨습니까?"

이훈재는 두 번째 용사로 나온 이상현에게 마이크를 주며 물었다.

그런 이훈재의 질문에 이상현은 긴장된 표정으로 대답을 하였다.

"스타파이브의 김준영 씨라면 상당한 운동신경을 가진 것으로 알고 있는데, 겨우 두 번째 장애물에서 탈락을 하다니 긴장이 되네요."

비록 김준영과 친한 사이는 아니지만 김준영이 소속되어 있는 마른 엔터와 이상현이 소속 되어 있는 미르 엔터는 교류를 하고 있었기에 김준영에 관해서도 잘 알고 있었다.

노래와 춤 실력이 좀 떨어지기는 하지만 각종 운동에 소질이 있는 것으로 알고 있으며, 김준영이 연습 기간이 짧아 보컬이나 춤이 다른 멤버들보다 떨어지지, 시간이 지나면 충분히 그들을 따라 잡을 것이라고 들었다.

그런 김준영이 어이없게도 두 번째 장애물에서 중심을 잡다 풀로 떨어지는 모습을 보며 이상현도 긴장을 할 수밖에 없었다.

"하하, 그렇게 긴장을 하면 상현 씨도 중간에 떨어질 수 있으니 긴장을 풀고 각오 한 번 들려주시기 바랍니다."

이훈재는 긴장을 하는 이상현을 보며 인터뷰를 이어갔다.

"예, 최선을 다하겠습니다."

너무도 평이한 말에 이훈재는 잠시 당황했다.

방송을 하면서 지금가지 이런 출연자는 몇 보기는 했지만, 그들은 모두 일반인들이었다.

연예인이 예능에 나와 이렇게 일반인처럼 반응을 하는 것은 처음 보았다.

"하하, 이상현 씨가 많이 긴장을 했나보군요. 그럼 준비 되셨으면 출발!"

치이익!

바람과 연기가 피어오르고 출발 신호가 떨어졌다.

그 때문에 아직 마음의 준비가 완벽하게 끝난 것은 아니었지만 이상현은 첫 번째 장애물로 걸어갔다.

미션을 통과하는 시간도 중요하지만, 더욱 중요한 것은 실수 없이 장애물을 통과하는 것이었다.

그러니 굳이 급하게 앞으로 뛰어갈 필요는 없었다.

　톱스타 최유진의 매니저인 이소진은 요즘 기분이 무척 좋지 못했다.

　그도 그럴 것이 최유진의 담당 매니저이면서도 실질적으로 그녀의 스케줄 관리를 자신이 마음대로 할 수 없었기 때문이다.

　물론 실장의 직위가 그저 있는 것이 아니니 누가 그녀의 일을 빼앗아 그런 것이 아니라 그녀의 담당 연예인인 최유진이 스케줄을 틀어서 어쩔 수 없었다.

　다른 스케줄은 그녀가 하는 말에 어떤 말도 하지 않고 잘 따르면서 단 한 사람에 관한 일이라면 아무리 자신의 말이나 팀장의 말도 듣지 않았다.

　그 때문에 이소진은 근 몇 개월 동안 팀장으로부터 질책을 받기도 했지만 어쩔 도리가 없었다.

　그렇다고 자신이 알고 있는 최유진의 비밀을 팀장에게나 누군가에게 발설할 수는 없는 일이기 때문이다.

　만약 스트레스에 못 이겨 자칫 그 비밀을 발설했다가는 최유진은 물론이고 현재 회사에서 야심차게 데뷔시킨 남자 아이돌 그룹인 로열 가드는 채 꽃을 피워보기도 전에 사장될 것이 분명했다.

더욱이 담당 연예인의 불리한 비밀을 외부로 발설을 한다는 것은 이 업계에서 더 이상 일을 하지 않겠다는 말이나 마찬가지였다.

어느 누가 자신의 비밀을 발설하는 매니저를 곁에 두려고 할 것인가. 연예계라는 것이 겉으로 보기에는 멋지고 화려해 보이지만, 그 이면에는 어둡고 음험하며, 또 더러운 비밀들이 많았다.

마치 백조가 호수 위에서 아주 우아하게 보이지만 물 밑으로는 물에 떠 있기 위해 발버둥 거리고 있는 것처럼, 화려하게 빛나기 위해 온갖 더럽고 은밀한 거래가 횡행한다.

실제로 그러한 비밀이 외부에 공개가 되면서 한 순간에 나락으로 떨어진 스타들도 부지기수다.

그러니 자신들의 비밀을 지키기 위해서라도 그러한 비밀을 알고 있는 자를 자신의 측근으로 두거나 아니면 아예 비밀을 발설하지 못하게 철저하게 망가뜨리는 일도 흔했다.

물론 최유진이나 킹덤 엔터가 그런 비정한 사람이나 기획사는 아니지만, 만약 이소진이 비밀을 발설하게 된다면 어떻게 변할지는 아무도 몰랐다.

이소진은 이런 것을 떠나 자신이 담당하는 최유진을 언니처럼 따르기에 그럴 일은 없겠지만, 최유진이 너무 정수현에게 집착하는 것 같아 그것이 못마땅한 것이다.

"언니!"

이소진은 헤어숍에서 머리를 정리하고 있는 최유진의 뒤에서 그녀를 불렀다.

"왜?"

이소진이 불만 가득한 표정으로 그녀를 불렀지만, 최유진은 별다른 표정 변화 없이 편하게 대답을 하였다.

그런 최유진의 대답에 이소진은 다시 한 번 인상을 찡그리고 물었다.

"굳이 이 스케줄을 해야 하겠어?"

원래 오늘 최유진의 스케줄은 이 일이 아니라 대기업인 삼정 전자의 새 휴대폰 광고에 대한 미팅을 하는 것이었다.

하지만 최유진의 변덕으로 그 스케줄은 오후 스케줄이 아니라 여섯 시간 정도 밀린 저녁 스케줄로 변경이 되었다.

원래 계획된 삼정 전자 미팅에 대한 스케줄에 비해, 지금 가려는 스케줄은 사실 최유진이 굳이 맡지 않아도 되는 일이다.

더욱이 이 스케줄은 최유진에게 들어온 것이 아니라 그녀가 먼저 언급을 하여 만든 스케줄이었다.

이런 일은 솔직히 톱스타 최유진의 급에 맞지 않는 스케줄일뿐더러, 페이도 맞지 않아 회사 입장에선 최유진을 이런 스케줄에 잡아주는 것은 손해였다.

차라리 이런 스케줄을 잡을 바에야 그냥 그녀에게 휴식을 주는 것이 더 나은 일이다.

그런데 오히려 최유진이 나서서 일을 잡고 통보를 하니 그녀의 담당 매니저로서 상부에서 질책이 내려와도 할 말이 없었다.

물론 방금 전에 팀장에게 한 소리 듣고 왔다고 최유진에게 따지는 것은 아니다.

"오늘 낮에 있을 휴대폰 광고에 대한 미팅도 미뤘다면서요."

"응, 그건 미안! 하지만 이 일은 꼭 해야겠어!"

최유진은 지금 이소진이 무엇 때문에 이렇게 핏대를 세워 가며 말을 하는 것인지 잘 알고 있지만, 그녀의 계획을 위해선 어쩔 도리가 없었다.

탁!

헤어 디자이너가 머리 손질을 하는 동안 잡지를 보고 있던 최유진이 보고 있던 잡지책을 덮으며 몸을 돌렸다.

그 때문에 그녀의 머리를 만지고 있던 헤어 디자이너는 순간 손을 멈췄다.

"미안! 잠시 비켜주겠어?"

최유진은 자신의 머리를 손질하던 헤어 디자이너에게 양해를 구했다.

"네, 그럼 말씀 나누시고 필요하시면 부르세요."

헤어 디자이너는 자신의 할 말을 남기고 얼른 자리를 비켜주었다.

스타들이 자주 찾는 이런 숍에서는 가끔 이런 일이 있어 매니저와 연예인이 이야기를 할 때면, 헤어 디자이너들은 잠시 자리를 비켜주는 것이 관례였다.

그만큼 스타들이 숍에 와서 쓰는 비용이 비용인 만큼 그러한 서비스는 당연했다.

"내 남자라면 무엇이든 최고여야 해!"

최유진은 마치 주문을 외우듯 나지막하게 소리쳤다.

그런 최유진의 말에 이소진은 깜짝 놀라며 주변을 살폈다.

비록 큰 소리는 아니었지만 방금 전 최유진의 말은 자칫 그녀에게 치명적인 약점으로 작용할 수 있는 말이었기 때문이다.

"언니!"

이소진은 자신도 모르게 큰 소리를 질렀다.

"진정해! 네가 무슨 걱정을 하는 것인지 잘 알겠지만, 이것만은 나도 양보할 수 없어! 그리고 이 일은 사장님도 승낙한 일이야! 그러니 너도 그렇게 알고 내 뜻에 따라줘!"

최유진은 굳은 표정으로 이소진을 쳐다보며 자신의 결정에 따라줄 것을 당부하였다.

"설마… 언니, 그를 진심으로 언니의 짝으로 생각하는 거야?"

이소진은 방금 전 최유진의 말에 혹시나 하는 심정으로 물었다.

자신의 앞에 있는 최유진과 그녀가 말을 하고 있는 대상

사이의 나이 차이는 사람들이 쉽게 허락할 수 있는 나이 차이도 아닐뿐더러, 만약 최유진의 안티나 아니 팬들이 알게 된다면 최유진은 물론이고 그녀가 생각하는 그 남자도 팬들에 의해 난도질당해 넝마가 되고 말 것이다.

이러한 사실을 잘 알고 있는 이소진으로서는 최유진을 막고 싶었다.

"아니, 나도 염치가 있지."

최유진의 이소진의 질문에 뭔가 안타까운 표정으로 한쪽 입술을 지그시 깨물었다.

자신이 결혼만 하지 않았었더라면, 자신이 나이가 조금만 더 젊었더라면 하는 생각을 해보았다.

하지만 그래도 자신과 그와의 나이 차이는 너무도 심했다.

서양이라면, 아니 대한민국만 아니라면 이해하고 넘어갈 수도 있지만 대한민국에서는 그와 자신의 관계를 이해해주지 않을 것이 분명했고, 이는 자신도 잘 알고 있다.

그렇지만 어쩔 수가 없다. 최유진은 남편의 외도를 알게 되고, 또 그러한 사실을 알고도 자신에게 알리지 않던 시부모에게도 실망을 한 상태에서 비록 술 때문에 사고가 난 것이라고는 하지만 자신을 붙잡아 줄 무언가를 잡았다.

매니저인 이소진은 눈치 채지 못하고 있지만, 현재 최유진의 상태는 결코 정상이 아니었다.

남편의 외도와 그것을 숨기고 감췄던 시부모의 일 때문에 무척이나 불안한 상태다.

그러한 불안감을 지금 비록 사고였지만, 자신과 관계를 맺은 수현에게 집착을 함으로써 불안감을 떨치려는 몸부림을 하는 것이다.

그러니 이소진이 자신과 수현의 관계를 멀리 하려고 할수록 더욱 집착을 하고, 또 어떻게든 수현과 연결의 끈을 만들려는 행동을 하였다.

"네가 무슨 걱정을 하는 것인지 나도 알고, 또 내가 이러는 것이 기자들에게 알려지게 된다면 어떤 일이 벌어질지 잘 알아."

말을 하면서 입안이 바짝 마르는 것을 느낀 최유진은 테이블 위에 있는 물병을 들어 물을 한 모금 마시고 다시 이야기를 하기 시작했다.

"하지만 이렇게라도 하지 않으면 내가 미칠 것 같다."

마지막 미칠 것 같다는 말을 할 때 최유진은 마치 울 것만 같은 표정으로 처연한 표정을 지었다.

그녀 자신도 현재 자신의 정신 상태가 무척이나 불안정하다는 것을 느끼고 있었다.

하지만 그렇다고 활동을 중단할 수도 없다.

연예인이라는 직업을 가지고 있으면서 톱스타라고 해서 모든 것을 자신의 뜻대로 할 수는 없다.

휴식을 마치고 활동을 재개하면서 회사의 스케줄에 따라

야 했다.

물론 톱스타이니 어느 정도 재량이 있어 스케줄을 변경할 수 있지만, 큰 틀에서 이루어지는 스케줄은 어쩔 도리가 없다.

그러니 자신의 정신 상태가 불안정하다는 것을 알면서도 최유진은 회사에서 잡아오는 스케줄을 거부하지 않고 적당히 소화를 하면서 자신의 상태가 무너지지 않게 조절을 하는 중이다.

이는 그녀가 톱스타로 10여 년을 연예계에서 군림을 하면서 쌓은 노하우가 있었기에 이렇게 조절을 할 수 있었다.

만약 그녀가 그런 경험이 없었다면 아마 남편이 자신과 결혼을 한 직후에도 외도를 해왔고, 또 자신과의 약속도 무시하고 또 자식의 외도를 알면서도 대를 이을 아들을 정부에게서 보았다는 이유만으로 그 사실을 며느리에게 숨겼다는 사실을 알게 되었을 때, 최유진은 이미 정신적으로 무너지고 말았을 것이다.

*   *   *

2평 남짓한 작은 공간, 최유진은 화려한 공주풍의 드레스를 입고 침대에 앉아 있었다.

아니, 공주풍의 드레스가 아니라 정말로 그녀는 공주처럼 분장을 하고 있었다.

머리에는 화려한 보석이 반짝이는 왕관을 쓰고, 순백의 화려한 드레스는 레이스와 금실로 무척이나 아름다웠다.

그리고 팔꿈치까지 오는 긴 실크 장갑을 착용했으며, 드레스 아래로 보이는 발은 하얀 실크 스타킹과 붉은색의 구두는 그녀의 미모를 더욱 북돋았다.

그렇게 화려한 복장을 한 최유진이 있는 공간은 정말로 공주의 방처럼 화려하게 꾸며져 있는데, 특이하게도 입구는 방과는 대비되는 칙칙한 철창으로 굳건히 닫혀 있었다.

─ 유진 씨!

방 한쪽에 놓인 스피커에서 그녀를 부르는 목소리가 들렸다.

"네?"

자신을 부르는 소리에 그녀는 작게 대답을 하였다.

그러자 스피커에서 말소리가 들렸다.

─ 혹시 불편한 곳 없습니까?

"없어요. 너무 걱정하지 마세요. 편하게 지켜보고 있으니."

최유진은 도전! 드림팀 시즌3의 촬영장에서 홀로 떨어진 방에 앉아 있다.

지금 최유진이 도전! 드림팀 시즌3에서 맡은 역할은 나쁜 용에게 잡혀간 공주 역할이었다.

현재 그녀는 용감한 용사가 사악한 용이 설치해 둔 고난을 극복하고 자신을 구해줄 용사를 기다리고 있다.

하지만 도전! 드림팀의 스태프들이 장애물의 난이도를 얼마나 힘들게 만들어 놨는지, 지금까지 도전자 중 한 명도 성공을 한 사람이 없었다.

아니, 여섯 개의 장애물 중에서 네 번째 장애물을 통과한 사람도 나오지 않았던 것이다.

도전! 드림팀 시즌3에 출연하는 출연자 여덟 명 중 벌써 절반이 넘는 여섯 명이 도전을 하였지만 아무도 통과를 못 했다.

자칫 이러다 시즌3의 첫 촬영을 하는 오늘 미션을 성공하는 용사가 나오지 않을 수도 있었다.

물론 그런 것은 연출자 입장에서 상관이 없었다.

아니, 아무도 성공을 하지 못한다면 연출자 입장에선 그보다 좋을 수가 없는 일이다.

처음부터 성공을 하는 모습을 보인다면 이번 시즌3도 자칫 너무 쉬운 것이 아닌가 하는 오해를 받을 수도 있었기 때문이다.

사실 방송국에서는 이번 시즌3를 준비하기 위해 미국의 전문가에게 자문을 구하고, 장애물의 제작을 의뢰하였다.

그 때문에 상당히 많은 제작비가 들었지만, 이번 시즌3에 들어가는 제작비 대부분은 대형 기획사들에서 출연을 했기에 방송국 입장에선 지출이 별로 없었다.

그리고 광고도 이미 완판이 되었기에 제작비는 차고 넘쳤다.

그래서 도전! 드림팀의 연출을 맡은 유명한 PD는 장애물 제작에 아끼지 않고 자금을 투자하여 원래 계획했던 장애물 난이도보다 훨씬 어려운 장애물들을 만들어 설치를 하였다.

그러다보니 뛰어난 운동신경을 가진 출연자들도 설치된 장애물을 통과하지 못하고 대부분 탈락을 하고 있었다.

— 불편한 곳이 있으면 알려주시면 바로 시정을 하겠습니다.

"아니에요. 그런데 밖의 상황을 볼 수 없으니 조금 답답하네요."

최유진은 불편한 곳이 없다고 하면서도 유명한 PD에게 자신의 불만을 말했다.

화려한 방에 편한 침대에 앉아 있지만, 커튼으로 가려진 입구 때문에 소리는 들리지만 밖의 풍경을 볼 수 없기에 답답했다.

그러한 사정을 토로하는 중이다.

— 알겠습니다. 곧 조치하겠습니다.

유명한 PD는 통화를 끝내고 바로 조치를 하였다.

잠시 테이프를 바꾸는 시간에 그녀가 있는 방에 노트북 컴퓨터를 연결해 촬영을 하는 모습을 볼 수 있게 만들어준 것이다.

최유진은 방송 스태프가 가져다 준 노트북을 통해 도전자들이 장애물을 통과하는 모습을 볼 수 있게 되었다.

*　　　*　　　*

촬영장 한편에 마련된 도전! 드림팀 시즌3의 출연자 대기실, 이곳의 분위기는 마치 초상집마냥 분위기가 그리 좋지 못했다.

그도 그럴 것이 여덟 명의 출연자 중 여섯 명이 중간에 탈락을 했기 때문이다.

더욱이 이들의 표정이 좋지 못한 이유 중 하나는 총 6단계의 장애물 중, 4단계를 통과한 출연자가 아무도 없어 혹시나 방송에 문제가 생기는 것은 아닌가 하는 생각에서다.

그나마 지금 도전하고 있는 일곱 번째 출연자가 도전! 드림팀의 레전드 미키 김이라는 것이 이들에게 희망을 가져보게 하고 있다.

"미키 킴! 역시 도전! 드림팀의 레전드라 불리는 사나이!"

이명진은 마이크를 들고 장애물을 넘고 있는 미키 김을 응원하고 있었다.

확실히 미키 김은 도전! 드림팀에서 레전드라는 별명을 얻은 남자라 그런지 지금까지 장애물에 도전을 했던 어느 출연자와 다르게 쉽게 3단계 장애물을 통과하였다.

"4단계 쏟아지는 폭포를 어떻게 건널 것인지, 미키 김! 밧줄을 잡고 오릅니다."

해설인 이명진이 미키 김이 도전을 하고 있는 구간을 설명하고 있을 때, 미키 김은 그의 해설처럼 급경사의 언덕에 놓인 밧줄을 붙잡고 오르기 시작했다.

하지만 4단계 장애물은 2단계 장애물과 비슷하면서도 달랐는데, 그것은 쏟아지는 물의 양이 달랐기 때문이다.

2단계 언덕 장애물이 그저 언덕을 미끄럽게 하기 위해 물이 경사를 타고 흐르는 정도였다면, 지금 미키 김이 도전을 하고 있는 4단계 장애물은 마치 폭포가 쏟아지듯 물이 엄청나게 쏟아졌다.

아아아!

"안 돼!"

미키 김의 도전을 지켜보고 있던 관객들이 안타까운 비명과 절규를 하였다.

밧줄을 잡고 언덕을 오르던 미키 김이 그만 쏟아지는 폭포수 때문에 중심이 무너지면서 미끄러졌기 때문이다.

다행이라면 그렇게 미끄러졌지만 잡고 있던 밧줄을 놓치지 않아 물에 휩쓸리지 않았다는 것이다.

만약 밧줄을 놓쳐 물에 휩쓸렸다면, 아마도 다른 출연자들처럼 저 밑에 있는 풀에 빠져 탈락을 했을 것이기 때문이다.

하지만 미키 김은 잡고 있던 밧줄을 단단히 잡고 있어 중심이 무너져 미끄러졌음에도 불구하고 밧줄에 매달려 쏟아지는 폭포수가 줄어들기를 기다렸다.

4단계 장애물의 폭포는 자연적인 폭포가 아니라 위에 있는 수조에 물이 어느 정도 차면 그것을 쏟아내는 방식이어서 어느 정도 버티며 시간을 보내면 저항이 줄어들어 수월하게 통과할 수 있었다.

그러니 미키 김도 비록 중심이 무너져 밧줄에 매달려 있기는 하지만 줄어드는 물줄기에 어느 정도 정신을 차리고 밧줄을 잡고 언덕 위로 올라갔다.

와!

미키 김이 어렵게 4단계 장애물을 통과하자 저 멀리 관객들이 이 모습을 지켜보다 일제히 환호성을 질렀다.

그런 관객들의 환호에 미키 김은 잠시 손을 들어 팬들의 환호에 호응을 하고 다시 5단계 장애물에 다가갔다.

5단계는 복합 장애물이었다.

밧줄을 타고 언덕을 뛰어내려 풀 중간에 떠 있는 섬에 착지를 한 다음, 풀 중간 중간 놓인 징검다리를 건너야 하는 장애물이었다.

더욱이 착지를 해야 하는 섬 또한 고정된 지점이 아니었기에 자칫 밧줄을 타고 착지를 할 때 속도 조절을 제대로 하지 못하면 미끄러져 탈락을 할 수도 있는, 무척이나 고난이도의 장애물이다.

미키 김이 밧줄을 잡고 언덕에서 뛰어내리려 할 때, 이를 지켜보는 관객들은 모두 숨을 죽이고 이를 지켜보았다.

이번 5단계 장애물을 통과하면, 마지막 6단계 장애물은 생각보다 쉬운 것이라 사실상 이번 5단계 장애물이 최후의 고비라 할 수 있었다.

하지만 레전드 미키 김이 통과하길 바라는 관객들의 마음과 다르게 미키 김의 도전은 실패를 하고 말았다.

밧줄을 놓는 타이밍이 조금 늦어 풀 중앙의 섬에 착지를 하지 못하고 안타깝게 섬 끄트머리에 착지를 하는 바람에 관성을 이기지 못하고 풀에 빠지고 말았다.

아!

도전! 드림팀의 레전드 미키 김의 도전 실패에 관객들은 안타까운 비명을 질렀다.

"미키 김! 도전! 드림팀의 레전드 미키 김도 안타깝게 실패를 하였습니다."

미키 김의 도전을 지켜보며 응원을 하던 이명진은 미키 김의 이름을 연호하며 안타까운 마음으로 그의 실패를 알렸다.

* * *

"하! 드림팀의 레전드 미키 김마저 실패를 했습니다. 이제 남은 용사는 단 한 명, 신예! 킹덤 엔터의 차세대 아이돌 로열 가드의 리더! 정수현만 남아 있습니다."

스타라이프

이명진은 설마 미키 김이 도전에 실패를 할 줄은 예상하지 못했는지 놀란 표정으로 멘트를 하였다.

그런 이명진의 멘트를 받아 케스터인 김종현이 진지한 표정으로 이야기를 하였다.

"네, 참으로 아쉽습니다. 5단계 장애물만 통과를 하면, 마지막 6단계는 쉽게 통과를 할 수 있었는데, 참으로 안타깝습니다."

"맞아요. 뭐 하지만 마지막 남은 용사가 비록 신인이기는 하지만 알고 보니 스펙이 장난이 아닙니다."

"네, 이번 도전! 드림팀 시즌3 선발전에서 레전드 미키 김을 제치고 1등을 하였지요."

"맞습니다. 레전드 미키 김을 능가하는 신체 능력을 가진 사나이! 왕국을 지키는 로열 가드의 리더! 정수현!"

이명진과 김종현은 마치 만담을 하듯 이야기를 주고받으며 수현에 대한 설명을 하기 시작했다.

이런 두 사람의 이야기에 관객들은 출발점에서 준비를 하고 있는 수현을 보며 눈을 반짝였다.

아직 수현에 대해 잘 알지 못하던 관객들은 이명진과 김종현의 설명에 관심을 가지지 않을 수가 없었다.

도전! 드림팀의 레전드란 별명을 가지고 있는 미키 김을 이기고 선발전에서 1등을 했다고 하니 놀라지 않을 수 없지 않은가. 그 때문인지 관객들은 혹시 수현이 모든 장애물을

통고하여 탑에 갇힌 공주를 구할 수 있지 않을까 기대감이
생겼다.

"출발!"

MC 이훈재의 출발 신호와 함께 수현이 1단계 장애물을
향해 걸어갔다.

수현은 절대 급하게 뛰지 않았다.

다른 출연자들이 도전을 할 때, 대기를 하면서 머릿속으
로 수십 번 시뮬레이션으로 도전을 해보았다.

1단계 경사진 협곡의 좁은 발판을 한 발로 짚으며 순식간
에 통과를 하였다.

사실 1단계 장애물은 수현에게 너무도 쉬운 장애물이었다.

협곡을 간단하게 건넌 수현은 2단계 언덕을 앞에 두고
갑자기 속도를 내기 시작했다.

다다다! 폴짝!

60도 경사 언덕을 앞에 두고 빠르게 달리던 수현은 경사
를 발을 구르고는 밧줄을 잡지터 않고 5m 높이의 언덕을
올라가 버렸다.

어!

"이게 어떻게 된 건가요?"

이명진은 수현이 5m의 언덕을 그냥 뛰어 올라가 버리는
것에 깜짝 놀라 소리쳤다.

그리고 그건 이명진뿐만 아니라 수현의 도전을 지켜보던

모든 사람들의 공통된 생각이었다.

너무도 순식간에 언덕을 올라간 때문에 뭐가 어떻게 된 것인지 알 수가 없었다.

사람들이 자신이 언덕을 오른 것에 놀라고 있거나 말거나 수현은 3단계 장애물에 도전을 하였다.

철봉을 잡고 경사를 내려오는 장애물, 3단계로 떨어지는 충격을 버텨야 하는 것이 관건이었다.

하지만 이도 수현에게는 너무도 쉬운 장애물이다.

남들보다 월등한 신체 능력을 가지고 있는 수현에게는 사실 지금까지 진행한 어떤 장애물도 어려움을 주지 못하는 장애물이었다.

3단계 장애물을 너무도 쉽게 통과를 한 수현은 4단계 폭포 언덕에서 잠시 숨을 골랐다.

아무리 신체 능력이 뛰어난 수현이라고 하지만 엄청난 물이 쏟아지는 미끄러운 언덕을 오르는 4단계에서는 2단계에 있던 언덕을 오르는 것처럼 단숨에 오를 수는 없기 때문이다.

만약 그렇게 생각을 했다면 아무리 남들과 다른 신체 능력을 가지고 있다고 해도 수현 역시 이번 단계에서 실패를 했을 것이다.

하지만 수현은 절대 자신의 능력을 과신하지 않았다.

돌다리도 두들기고 건너라는 말처럼 수현은 이미 자신보다 앞선 출연자들이 어떻게 이번 장애물에서 통과 하거나 실패를 했는지 지켜보았다.

그렇기에 절대로 방심하지 않고 차분히 언덕에 놓인 밧줄을 잡고 쏟아지는 물줄기가 가늘어지길 기다렸다.

그리고 물줄기의 힘이 약해지자 빠르게 손과 발을 놀려 언덕을 올랐다.

타다다다!

마치 유격대원이 밧줄 하나에 의지해 절벽을 오르듯 빠르게 오르자 해설을 하던 이명진은 그 모습에 감탄을 하였다.

"4단계 폭포수 장애물이 이렇게 쉽게 통과할 수 있는 것이었나요?"

"그러게요. 다른 용사들의 모습과는 확연히 다른, 너무도 여유 있는 모습입니다."

아닌 게 아니라 관객들도 이명진의 설명처럼 수현과 그전의 출연자들의 모습이 비교가 되었다.

수현이 장애물을 통과하는 모습은 레전드인 미키 김보다도 안정되어 보였다.

그 때문인지 카메라는 도전을 하는 수현의 모습과 이를 지켜보고 있는 미키 김의 모습을 번갈아 카메라에 담았다.

한편 4단계 장애물 꼭대기에 도착한 수현은 위에 묶여 있는 밧줄을 풀어 잡았다.

그리고 자신이 뛰어내릴 목표인 풀 중앙에 놓인 섬을 쳐다보았다.

스타라이프

가로, 세로 2m의 정사각형의 매트가 풀 한가운데 둥둥 떠 있다.

"후!"

목표를 노려보던 수현은 크게 심호흡을 하고는 밧줄을 잡고 뛰어 내렸다.

"이얍!"

밧줄의 스윙이 어느 지점에 이르자 수현은 잡고 있던 밧줄을 놓았다.

살짝 몸이 뜨는 느낌이 들자 공중에서 중심을 잡기 위해 몸을 틀었다.

툭!

수현은 공중에서 중심이 잡히자 몸을 활짝 폈다.

그러고는 풀 중앙에 놓인 2m 크기의 정사각형의 매트에 내려섰다.

하지만 수현은 마치 개구리가 풀 위에 내려앉듯 몸을 활짝 펴고 내려 관성에 미끄러지지 않고 매트 위에 내려설 수 있었다.

그리고 몸을 활짝 편 때문에 물 위에 떠 있던 매트는 중심이 흐트러지지 않아 물에 빠지지도 않았다.

와!

관객들은 수현이 레전드 미키 김도 탈락을 한 5단계 미션에서 실패를 하지 않고 매트에 정확하게 안착을 하자 크게 함성을 질렀다.

이때 대기실에서 수현의 도전을 지켜보던 출연자들도 일제히 자리에서 이러나 5단계 장애물이 있는 곳을 쳐다보았다.

흔들리는 매트가 흔들림을 멈추고 안정이 되자 수현은 매트에서 일어나 징검다리를 건넜다.

그리고 마지막 6단계 수직 협곡에 도달해 양손을 집어 협곡을 올랐다.

이 마지막 6단계 장애물 꼭대기에 오르면 작은 상자가 있는데, 그 안에 공주가 갇혀 있는 감옥을 열 수 있는 열쇠가 담겨 있었다.

척! 척!

수현은 협곡 양쪽 벽에 손과 발을 대고 협곡을 오르기 시작했다.

10m 높이의 수직 협곡이지만, 오르는 것은 얼마 걸리지 않았다.

수직 협곡 정상에 오른 수현은 관객들이 앉아 있는 객석으로 몸을 돌려 양손을 높이 들어 올렸다.

미션을 성공했다는 모션을 취한 것이다.

와!

와아!

취이이!

쾅! 쾅! 쾅!

수현이 만세를 부르는 듯한 포즈를 취하자 그에 맞춰 객석에서는 관객들의 함성이, 그리고 언덕 위 난간에서는 연출이 준비했던 특수효과와 함께 폭죽이 터졌다.

＊　　　＊　　　＊

"설마!"

마지막 출연자인 수현이 4단계를 통과하자 유명한 PD는 작게 중얼거렸다.

조금 전 일곱 번째 출연자인 미키 김이 5단계에서 실패를 할 때까지만 해도 입가에 미소가 걸리며 좋아했었다.

하지만 수현이 도전! 드림팀의 레전드 미키 김에 비해서도 뒤지지 않는 모습으로 자신들이 준비한 장애물을 통과할 때마다 심장이 작게 떨리기 시작했다.

급기야 미키 김이 실패를 했던 5단계 풀 중앙에 더 있는 매트에 무사히 안착을 하자 경악을 하였다.

유명한 PD는 일부러 장애물의 난이도를 높이기 위해 설계자가 매트를 고정하도록 설계한 것을 변경해 고정시키지 않았다.

밧줄에서 뛰어 내릴 때, 정확하게 착지를 하지 않으면 무조건 물에 빠지도록 만들었다.

만약 원래 설계대로 매트가 고정이 된 것이었다면, 수현 이전에 미키 김이 도전을 했을 때 아마도 탑에 갇힌 공주는 구출이 되었을 것이다.

하지만 유명한 PD가 설계를 변경함으로써 미키 김은 미션에 실패를 하였다.

그런데 이제 갓 데뷔를 하는 신인이 미션을 통과할 것 같자, 유명한 PD는 이 사실을 어떻게 해야 할지 고민을 하지 않을 수 없었다.

누가 뭐래도 미키 김은 도전! 드림팀의 아이콘이었다.

와아!

유명한 PD가 이렇게 고민을 하고 있을 때, 마지막 도전자 수현이 6단계의 모든 장애물을 통과하였다.

그리고 수현이 커다란 열쇠를 가지고 공주가 갇혀 있는 곳에서 공주를 구해 나오자 관객들은 감옥에 갇혔던 공주의 정체를 그제야 보게 되었다.

＊　　　＊　　　＊

"후우!"

6단계 마지막 장애물을 통과한 수현은 양팔을 벌리며 관객을 돌아보았다.

와아!

쉬이익!

쾅! 쾅!

자신이 포즈를 취하자 갑자기 주위에서 폭죽이 터지는 모습에 잠시 움찔 하기는 했지만 장애물을 통과해 위에 올랐을 때 주변에 설치된 장치들을 확인했기에, 그리 크게 놀란 것은 아니다.

'저기 있군!'

녹화에 들어가기 전 사전 회의 때, 들었던 열쇠가 놓인 상자를 확인했다.

수현은 상자에서 열쇠를 꺼내 공주가 갇혀 있는 감옥으로 향했다.

감옥은 두꺼운 커튼으로 가려져 내부를 확인할 수가 없어 누가 시즌3의 1호 공주인지 정체를 알 수가 없었다.

"어! 누나!"

수현은 감옥을 열기 위해 커튼을 걷다가 안에 있는 공주의 정체를 확인하고는 소리쳤다.

"하하, 안녕!"

덜컹!

수현은 얼른 감옥의 문을 열었다.

비록 지금이 한여름은 아니었지만 좁은 공간에, 그것도 꽉 막힌 곳에 장시간 갇혀 있는 것이 얼마나 고역인지 잘 알고 있는 수현이다.

아름답게 꾸미고는 있었지만 날씨를 생각지 못한 연출로 인해 최유진이 땀을 뻘뻘 흘리고 있었다.

물론 그럼에도 최유진은 아시아의 여왕이란 별명이 아깝지 않을 정도로 아름다웠다.

"뭐해! 어서 내 손을 잡아줘야지!"

최유진은 자신을 보고 놀란 수현을 향해 작게 소리쳤다.

그런 최유진의 말에 정신을 차린 수현은 얼른 그녀의 손을 잡고 조금 전 폭죽이 터진 곳으로 나갔다.

와아!

사악한 용에게 납치 되었던 공주를 용사가 구출하여 데리고 나오자, 관객들은 그 모습에 환호성을 질렀다.

하지만 그것도 잠시, 공주가 구출된 것에 반사적으로 환호성을 지르던 관객들은 자신들을 향해 손을 흔드는 공주의 정체가 톱스타 최유진이라는 것을 확인하고는 조금 전과는 비교가 되지 않을 정도로 커다란 함성을 질렀다.

와악! 와와!

까아악!

Chapter 3
스타 탄생

서울 도봉구에 사는 23살 김지연은 일요일 아침, 식사를 마치고 새롭게 개편한 도전! 드림팀 시즌3를 시청을 하기 위해 준비를 하였다.

  원래 김지연은 이런 유형의 예능을 별로 좋아하지 않는다.

  그럼에도 그녀가 도전! 드림팀 시즌3를 시청하려는 이유는 다름이 아니라 그녀가 좋아하는 아이돌이 이번 도전! 드림팀의 시즌3에 출연을 한다는 사실을 팬 카페에서 보았기 때문이다.

  이미 그녀가 가입한 팬 카페에는 이번 도전! 드림팀 시즌

3의 시청을 하자는 이야기가 돌았고, 당연 열성 팬인 그녀 또한 그 움직임에 동참을 하려는 것이다.

하지만 그녀의 덕질에 방해를 하는 이가 있었다.

그는 바로 그녀의 친 오빠인 김지성이었다.

"뭐야! 도전! 드림팀? 이거 재미도 없는 것 뭐 하러… 다른 것 보자!"

차분히 도전! 드림팀을 보기 위해 쇼파 한쪽에는 TV를 시청하면서 먹을 간식과 음료까지 마련해 둔 김지연이었는데, 그녀의 오빠인 김지성이 그녀의 옆자리에 앉으며 리모컨으로 다른 채널로 돌려 버렸다.

"뭐하는 짓이야!"

김지연은 자신의 오빠가 들고 있는 리모컨을 뺏어들며 다시 도전! 드림팀으로 채널을 돌렸다.

평소 보이지 않던 동생의 행동에 김지성은 잠시 당황했다.

물론 동생이 얼마 전 애인과 헤어져 무척이나 심기가 불편하다는 것을 알기에 그녀의 심기를 거스르지 않기 위해 조용히 리모컨을 넘기고 자리를 떴다.

"아 뭐 그게 보고 싶으면 봐야지… 난 그냥 컴퓨터나 해야겠다."

슬그머니 자리에서 일어난 김지성은 자신의 방으로 들어갔다.

그런 오빠의 모습에 김지연은 시선도 주지 않고 작게 중얼거렸다.

"다 필요 없어! 우리 오빠만 있으면 돼!"

그렇게 작게 중얼거린 지연은 뭐가 그리 짜증이 나는지, 쇼파 위에 놓아둔 간식이든 쟁반을 자신의 무릎 위에 올리고는 접시에 놓인 간식을 한 움큼 집어 입으로 가져와 거칠게 씹었다.

그런 동생의 모습에 자신의 방으로 가던 김지성은 살짝 고개를 흔들었다.

'어휴! 오래 가네!'

동생이 애인과 헤어진 것은 조금 마음이 안됐기는 하지만, 사실 동생인 지연의 성격이 드세다 보니 남자가 오래 버티지 못한다는 것을 잘 알고 있었다.

'성질만 좀 죽이면 잘 될 텐데……'

김지성은 그렇게 속으로 생각하며 자신의 방으로 향하는데, 갑자기 뒤에서 들린 큰 소리에 깜짝 놀랐다.

"오빠! 꺄! 까아!"

뒤에서 오빠를 찾는 동생의 고함 소리에 지성은 자신도 모르게 뒤를 돌아보았다.

그리고 거실 TV를 보게 되었다.

TV 화면을 확인한 지성은 방금 전 동생인 지연이 오빠를 외쳤던 것이 자신을 부르던 것이 아니라 자신이 좋아하는 스타를 지칭하는 것을 깨닫고 고개를 흔들었다.

"정신 차려! 이것아! 그러니 애인과 헤어지지!"

"뭐라고? 지금 뭐라고 했어!"

TV에 자신이 좋아하는 스타가 나오자 환호를 보내던 김지연은 갑자기 옆에서 들린 오빠 지성의 목소리에 두 눈을 치뜨며 소리쳤다.

하지만 그런 동생의 모습에 지성은 전혀 기죽지 않고 자신의 할 말만 남기고 자신의 방으로 들어가 버렸다.

"오빠는 얼어 죽을 오빠! 저놈은 너보다 어려!"

쾅!

자신의 할 말만 하고 방으로 들어가 문을 닫아버리자 지연은 막 자신의 오빠에게 달려가 한바탕 하려고 하였지만, 자신의 뜻을 펼치지 못했다.

쾅!

문을 경계로 가로막히자, 지연은 분을 참지 못하고 오빠의 방문을 거칠게 걷어찼다.

"시끄러워! 지도 나이 많은 아줌마 좋아하면서……."

지연은 결국 한 소리 쏟아 붓고는 얼른 제자리로 돌아와 TV를 시청하였다.

"아이 씨! 너 때문에 우리 오빠 벌써 지나가 버렸잖아!"

오빠 지성이 자신의 덕질에 태클을 걸자 쫓아가 보복을 하려다 실패를 하고 돌아오는 그 짧은 사이, 자신이 좋아하는 스타가 탈락을 하여 화면에서 사라졌다.

그 때문에 조금 전 놀린 것에 더해 팬으로서 자신이 좋아하는 스타가 출연하는 프로그램을 제대로 시청을 하지 못했다는 자괴감이 더해지며, 그녀의 분노 게이지는 더욱 높아졌다.

"그런데 출연자가 너무 많은 것 아닌가?"

자신이 좋아하는 스타가 금방 지나갔지만 간간히 카메라 뒤로 언뜻언뜻 비춰지자 조금은 진정이 되었다.

그런데 그녀가 프로그램을 보면서 이해가 가지 않는 것이 있었다.

그것은 바로 도전! 드림팀의 출연자가 너무 많다는 것이다.

원래 도전! 드림팀의 출연진은 8~10명 정도로 한 팀을 이뤄 다른 팀을 초청해 대결을 하는 포맷이다.

그런 것을 감안하면 2팀이 넘어가는 23명의 인원은 무척이나 많고 번잡해 보였다.

더욱이 촬영 장소가 야외가 아닌 실내라는 것을 감안하면 더욱 어수선하게 보일 지경이었다.

― 도전! 드림팀 시즌3에 출연하기 위한 선발전… 참으로 치열하네요.

해설을 하는 이명진의 멘트가 흘러 나왔다.

'아! 선발전이었구나!'

김지연은 그제야 지금 상황이 이해가 갔다.

'그런데 이번 시즌에는 잘생긴 출연자가 참 많네!'

도전! 드림팀 시즌3를 보면서 출연자들의 외모에 지연은 자신도 모르게 슬며시 미소가 새어나왔다.

자신이 좋아하는 스타파이브의 김준영은 물론이고, 몇 달 전 솔로 가수로 데뷔를 한 이상현이나 도전! 드림팀의 레전드 미키 김 그리고 유명 스타들의 헬스 트레이너인 은갈치 트레이너 등 기존 시즌2의 출연자들 중에서도 미남에 속한 이들 뿐만 아니라, 새롭게 얼굴을 비추고 있는 이들도 정말이지 여자들의 눈을 정화해 주는 미모를 뽐내고 있었다.

'헐! 저건 누구야!'

한참 도전! 드림팀 시즌3의 출연자 선발전을 보고 있던 지연은 새로운 도전자나 클로즈업 되자 깜짝 놀라며 정체를 궁금해 하였다.

TV화면에는 수현의 모습이 크게 확대가 되어 비추고 있는데, 살짝 땀에 젖어 있는 모습이 너무도 섹시해 보였기 때문이다.

— 남자가 봐도 매혹될 정도로 잘생기지 않았습니까?

— 그렇습니다. 킹덤 엔터가 자신 있게 선보인 남성 아이돌 그룹

로열 가드의 리더 정수현! 과연 뜀틀 높이뛰기 신기록인 2m 50㎝를 넘을 수 있을까요?

TV 속에서 해설을 하는 이명진과 김종현의 목소리가 들렸다.

'아! 저 사람 이름이 정수현이구나!'

지연은 TV화면을 가득 채우고 있는 수현의 얼굴을 뚫어지게 쳐다보며 속으로 생각을 하였다.

'저 사람도 아이돌이구나! 그런데 어디서 본 것 같은데?'

수현의 모습을 본 지연은 수현의 모습이 너무도 낯이 익었다.

분명 어디선가 본 듯한 얼굴이었다.

'어디서 보았더라……'

─ 와! 대단합니다. 넘었어요. 도전! 드림팀 시즌2에서 배추가 새웠던 신기록 2m 50㎝를 넘었어요!

해설을 하는 이명진이 흥분을 하며 소리를 지르는 것이 들렸다.

"아!"

자신의 키보다 훨씬 높은 뜀틀을 뛰어 넘는 수현의 모습에 지연은 자신도 모르게 감탄사를 터뜨렸다.

그러면서 그녀는 자신도 모르게 자신이 좋아하던 김준영 뿐만 아니라 수현도 응원을 하기 시작했다.

여러 종목이 나오며 도전! 드림팀 시즌3의 선발진이 가려졌다.

"이번 도전! 드림팀 시즌3는 볼만 하겠는데!"

선발전이 끝나고 1부가 끝났다.

지연은 방금 본 도전! 드림팀 시즌3 1부를 본 소감을 말하고는 손을 놀렸다.

그런데 손에 잡히는 것이 하나도 없었다.

"어? 언제 다 먹었지! 2부 시작하기 전에 얼른 준비해야지."

TV를 보면서 군것질을 하려고 준비했던 간식이 어느새 다 떨어졌다.

아직 프로그램은 2부가 남아 있기에 지연은 얼른 냉장고로 달려가 다시 군것질을 준비하기 시작했다.

*　　　*　　　*

한편 자신의 방으로 들어간 지성은 동생 때문에 TV를 보지 못하게 되자 컴퓨터를 켜고 웹서핑을 하기 시작했다.

"뭐를 볼까?"

다다닥!

키보드 자판을 치며 검색을 하던 지성의 눈에 기사 하나가 눈에 띄었다.

"응? 여왕님이 예능 프로에 등장해?"

지성은 톱스타 최유진의 골수팬이다.

조금 전 동생 지연이 오빠인 그를 향해 떠들었던 것도 전혀 근거가 없는 것은 아니었다.

자신은 겨우 두 살 어린 남자 스타를 좋아하는데 반해 오빠인 지성은 본인보다 열두 살이나 많은 연상녀에 빠져 있었기 때문이다.

막말로 막내 이모와 동갑인 최유진에 푹 빠져 있는 오빠를 보면 정상이 아니라 생각했다.

동생 지연이 이렇게 생각하거나 말거나 지성은 오래 전 톱스타 최유진에 빠졌다.

한창 질풍노도의 시기인 사춘기 시절 노래는 물론이고 출연하는 드라마나 영화에서 빛을 발하던 최유진의 모습은 20대 후반의 모습임에도 불구하고 20대 초반의 그 어떤 여자 아이돌이나 스타들 보다 더 아름다웠다.

그때부터였다. 김지성이 아시아의 여왕 최유진의 덕질을 하기 시작한 것은 말이다.

최유진의 팬으로서 그녀가 출연한 모든 프로그램을 본방 사수하던 그인지라 최유진이 예능 프로에 잘 나오지 않는다는 것을 잘 알고 있었다.

물론 그녀도 데뷔 초창기에는 자신을 알리기 위해 그리고 자신이 속한 그룹을 알리기 위해 예능에 출연을 했었다.

하지만 톱스타의 자리에 오른 뒤로 계약된 사항이 아니면 예능 프로에 잘 출연하지 않았을 뿐만 아니라, 결혼을 한 뒤로는 그런 프로그램 출연도 제제를 하고 있다.

그런 최유진이 며칠 전 가요 프로그램에 출연을 하였다.

자신이 피처링한 노래를 부르기 위해 출연을 한 것이었다.

사실 그 사건도 그녀를 아는 팬들에게는 크나큰 충격이었다.

게다가 아무리 피처링을 했다고 해도, 신인 아이돌 그룹의 노래 피처링 파트를 부르기 위해 빅 스타인 그녀가 직접 국내 가요 프로그램에 나와 노래를 부른다는 것은 잘 이해가 가지 않는 일이다.

아무리 같은 소속사에서 배출한 신인이라고 해도 말이다.

그럼에도 최유진은 자신의 위치도 무시하고 소속사에서 내보인 신인 아이돌 그룹의 노래를 피처링한 것은 물론이고, 가요 프로그램까지 출연을 한 것이다.

이 때문에 그날 실시간 검색어 순위에 1위부터 10위까지 모두 그녀와 데뷔를 한 신인 아이돌 그룹이 이름이 순위를 차지하였다.

남자 아이돌에는 관심도 없는 지성도 그 남자 아이돌 그룹만은 이름을 외울 정도다.

그런데 또 다시 최유진이 예능 프로그램에 출연을 한다는 뉴스에 눈이 가는 것은 당연했다.

"뭐지? 여왕님께서 무엇 때문에 하찮은 예능 프로그램 따위에 출연을 하셨다는 것이지?"

지성의 머리로는 도저히 예상이 되지 않았다.

비록 예전만 못하기는 하지만, 그래도 아직까지 아시아의 여왕이라 불리며, 최고의 인지도를 가지고 있는 최유진이 무엇 때문에 한 번도 아니고 또다시 예능 프로그램에 출연을 하는지 도저히 알 수가 없었다.

그래서 그런지 지성은 뉴스를 자세히 읽기 시작했다.

'응? 도전! 드림팀 시즌3에 우리 여왕님께서 출연을 했다는 말이야?'

기사 내용을 읽던 지성은 더욱더 미궁으로 빠지는 것 같았다.

예능도 다 같은 예능이 아니다.

인기가 있는 예능이 있는가 하면, 조금 전 동생이 보려고 하던 도전! 드림팀과 같이 오래 전 생명이 다한 죽은 예능도 있었다.

그런데 기사에 톱스타 최유진이 인기도 없는 도전! 드림팀에 출연을 했다는 것이다.

비록 도전! 드림팀이 시즌3에 들어서면서 막대한 제작비와 대대적인 개편으로 시즌2와 확 바뀌었다고 말하고는 있지만, 그래도 기사를 읽는 지성으로써는 굳이 이런 예능 프로에 최유진이 나가야 했나 하는 의문이 들었다.

그 때문인지 지성은 대충 기사를 읽는 것이 아니라 꼼꼼히 기사를 읽었다.

"아!"

한참 기사를 읽던 지성은 톱스타 최유진이 무엇 때문에 도전! 드림팀과 같이 인기가 떨어진 그저 예전의 명맥만 뜯어 먹고 있는 예능 프로그램에 출연을 한 것인지 이해가 갔다.

그러면서 가슴 속에서 분노가 끓어오르기 시작했다.

"이 새끼들! 겨우 신인 아이돌 그룹 띄우기 위해 우리 여왕님을 이런 거지같은 프로에 동원을 하다니… 안 되겠다."

기사의 내용을 읽던 지성은 화가 치밀어 더 이상 기사를 읽을 기분이 아니었다.

읽기를 중단한 지성은 최유진의 팬 카페 여왕의 기사단에 접속을 하였다.

그러면서 지성은 방금 전 자신이 읽었던 기사 내용을 올리며 최유진을 예능에 동원하는 킹덤 엔터의 행태에 대한 성토를 하기 시작했다.

다라락! 다라락!

"이게 말이 되는 소리야! 다른 사람도 아니고 우리 여왕님을……."

그는 손가락이 보이지 않을 정도로 빠르게 키보드를 치며 글을 작성했다.

*　　　*　　　*

부스럭! 부스럭!

TV를 시청하던 지연은 눈은 TV 화면에 고정을 시키고 무의식적으로 손만 놀려 군것질을 입으로 가져왔다.

그렇게 군것질을 하면서 목이 마르면 음료를 가져와 마셨다.

그러면서도 한 순간도 눈을 TV 화면에서 때지 않았다.

"대박!"

지연은 도전! 드림팀 시즌3가 시작을 한다고 광고를 보았을 때도 별로 기대를 하지 않았다.

그저 자신이 좋아하는 아이돌 김준영이 나온다고 해서 방송을 보려고 했던 것뿐이었다.

그런데 어느 순간부터 지연은 김준영뿐만 아니라 도전! 드림팀이란 프로그램에 쏙 빠져 버렸다.

1부 도전! 드림팀 시즌3에 출연할 출연자 선발전을 할 때까지만 해도 지연이 이렇게 자신이 도전! 드림팀 시즌3에 빠질 줄은 예상하지 못했다.

단순히 잘생긴 남자 출연자가 많아 볼 만하겠다는 생각만 들었을 뿐이다.

그런데 1부가 끝나고 도전! 드림팀 시즌3의 본격적인 시작인 2부가 시작이 되면서 그런 생각은 저 안드로메다 너머로 멀리 사라졌다.

새롭게 갖춰진 장애물은 기존 도전! 드림팀 시즌2와는 완전히 달랐다.

MC 이훈재의 소개에 의하면 이번 도전! 드림팀 시즌3는 막대한 제작비를 투입하여 오래전 도전! 드림팀의 아성을 찾겠다는 각오로 외국의 전문 인력을 동원해 완성을 했다는 것이다.

그리고 예전에는 출연자들의 성공률을 높이기 위해 조금은 난이도를 낮게 제작했었는데, 이번에는 과감하게 난이도를 대폭 올렸다고 하였다.

출연진이 모두 성공을 못하더라도 상관하지 않겠다는 각오라 밝혔다.

이에 지연은 속으로 그래도 시청률을 위해서 그렇지 않을 것이라 예상을 했다.

하지만 2부가 진행이 되고 선발전에서 살아남아 시즌3에 출연이 확정된 스타들이 도전을 하여 장애물을 몇 단계 통과하지도 못하고 탈락을 하는 모습에, 2부가 시작할 때 이훈재가 했던 말이 결코 허언이 아니란 것을 깨닫고 프로그램에 몰입을 하기 시작했다.

비록 그녀가 좋아하는 김준영이 초반에 겨우 2단계에서 탈락을 하는 모습을 보고 실망을 했지만, 그 다음 도전자 그리고 그 뒤의 도전자도 2~3단계에서 탈락을 하는 모습을 보고는 이해를 하게 되었다.

그리고 지연이 확실하게 MC 이훈재의 말을 믿게 된 것은 바로 도전! 드림팀의 레전드 미키 김이 5단계 장애물에서 탈락을 하는 모습을 본 뒤였다.

미키 김은 배우이기도 하지만 한국에 오기 전 그는 미국 해병대에서 특수부대원으로 복무를 했던 이력이 있는 사람이었다.

즉 장애물이나 임무 수행에 대해 무척이나 해박한 지식과 수행 능력을 가진 사람이란 소리다.

그럼에도 미키 김이 미션을 통과하지 못하고 5단계에서 탈락을 한 것이다.

"이거 정말로 아무도 공주를 구해주는 사람이 없는 것 아니야?"

레전드 미키 김마저 탈락을 하자 자신도 모르게 걱정이 되었다.

비록 마지막 한 명이 남아 있기는 하지만 레전드라 불리는 미키 김 이상의 능력을 가진 사람이라고 생각되지는 않았기 때문이다.

— 아! 미키 김! 레전드라 불리는 미키 김마저 5단계 미션에서 그만 탈락하고 말았습니다.

— 네, 확실히 제작진이 장애물의 난이도를 확 올렸다는 것이 사실인 것 같습니다.

— 맞습니다. 선발전을 거쳐 이번 시즌3에 출연하는 출연자들이 미션을 통과하지 못하고 중간에 탈락을 하는 것은 결코 이들의 능력이 떨어져 그런 것이 아니라 제작진이 장애물의 난이도를 최상으로 해 놓았기 때문입니다.

— 저 그런데, 이렇게 되면 시청자들이나 우리는 나쁜 용에게 납치된 공주의 얼굴을 볼 수 없지 않습니까?

캐스터인 김종현이 이명진을 보며 물었다.

— 그렇습니다. 제작진에선 이번 시즌3에 들어가면서 운영 방침을 마련했는데, 만약 출연자들 중 아무도 미션을 통과하지 못하면 납치된 공주의 정체를 공개하지 않기로 했다고 합니다. 참고로 저희도 이번 시즌3의 첫 번째 공주의 정체를 알지 못합니다.

이명진은 카메라를 보며 자신들도 탑에 감금이 된 공주의 정체를 알지 못했음을 알렸다.

그러자 이를 보고 있던 TV 밖 시청자들의 궁금증은 더해갔다.

도대체 KTV에서 어떤 스타를 섭외를 했을지 궁금증이 든 것이다.

그러면서 결코 웬만한 명성을 가진 스타는 아닐 것이란 예상을 하게 되었다.

기대치가 점점 고조가 되면서 마지막 출연자가 도전을 하는 것이 보였다.

첫 번째 장애물을 가볍게 통과를 하고, 두 번째, 세 번째 장애물도 너무도 쉽게 통과하는 모습을 보며 지연은 물론이고 TV를 보고 있던 시청자들은 기대를 하기 시작했다.

그리고 레전드 미키 김이 실패를 했던 다섯 번째 장애물 앞에 섰을 때는 자신도 모르게 두 손을 모았다.

"제발! 제발……."

지연은 간절한 마음을 담아 기도를 하듯 중얼거렸다.

"와!"

줄을 잡고 내려가다 줄을 놓고 뛰어내린 수현이 무사히 섬에 착지를 하자 자신도 모르게 소리쳤다.

"고, 고, 고, 고!"

지연은 수현이 넓은 풀 위에 놓인 작은 섬에 안착을 하자 소리를 지르며 '고!'라는 소리를 연호했다.

덜컹!

"뭐야! 무슨 일이야!"

지연의 고함 소리에 자신의 방에서 열심히 킹덤 엔터를 성토하던 지성이 문을 열고 나오면서 무슨 일이 생겼는지 물었다.

"아무 일도 아니야! 신경 쓰지 마! 고! 고! 고!"

무슨 일인지 물어보는 오빠를 쳐다보지도 않으면서 두 눈을 TV에 고정을 시킨 채 지연은 뭔가에 흥분을 한 듯 계속해서 '고'라는 말만 연호했다.

그런 동생의 모습에 지성도 문득 뭔가 생각나는 것이 있었다.

자신의 방으로 들어가기 전 동생 지연이 보려던 예능 프로그램의 제목이 생각난 것이다.

'아, 맞아! 지연이가 도전! 드림팀을 보려고 했었지.'

동생이 보려던 프로그램의 제목이 생각난 지성은 조금 전 자신이 읽었던 기사의 내용이 생각났다.

기사 내용이 생각난 지성은 얼른 동생의 옆으로 가서 앉았다.

그리고 그가 자리에 앉기 무섭게 옆자리에 있던 지연이 벌떡 일어나며 함성을 질렀다.

"와! 성공했다!"

"뭐, 뭔데? 뭘 성공을 했다는 말이야!"

너무도 이상한 동생의 모습에 지성은 눈을 동그랗게 뜨며 물었다.

그런 지성의 물음에 지연은 그를 쳐다보지도 않고 대답을 하였다.

"도전! 드림팀이 이번 시즌3에 들어가면서 운영 방식을 바꿨는데……."

지연은 방송이 시작하면서 MC 이훈재가 설명을 했던 도전! 드림팀 시즌3의 운영 방식에 대한 설명을 들려주었다.

그리고 지금까지 출연한 도전자들 중 한 명도 통과를 하지 못했으며, 심지어 레전드란 별명을 가지고 있으며 도전! 드림팀 1, 2시즌을 통틀어 가장 많은 우승 기록을 가지고 있는 미키 김도 5단계에서 실패를 했는데, 방금 전 이제 갓 데뷔를 한 아이돌 그룹 멤버가 유일하게 성공을 했다는 것이었다.

"리얼리?"

지성은 되도 않는 혀를 꼬부려 영어를 써가며 방금 한 말이 사실인지 되물었다.

"그렇다니까! 자, 봐!"

팡! 팡!

사실인지 물어보는 오빠에게 지연은 TV 화면을 가리켰다.

마침 지연이 TV를 가리킬 때, 수현이 마지막 6단계 절벽 장애물을 오르며 마지막 부저를 누르자 폭죽이 터졌다.

"와! 저 사람 대단하다. 신인이… 대박!"

수현이 미션에 성공하는 모습을 지켜보던 지연이 뭔가 말을 하려고 할 때, 때마침 카메라가 수현을 클로즈업을 하였다.

클로즈업된 수현의 얼굴이 화면 가득 들어오자 지연은 하던 말을 멈추고 '대박'이란 말을 하고 멍하니 TV 화면을 뚫어지게 쳐다보았다.

그리고 그런 모습을 함께 지켜보던 지성 또한 할 말을 잊었다.

조금 전 자신의 방에서 인터넷 검색을 하다 자신이 좋아하는 톱스타 최유진이 아무 프로그램이나 막 나오는 듯해서 최유진의 소속사인 킹덤 엔터를 성토하던 것도 잊고 동생과 함께 TV 화면을 주시했다.

TV를 주시하던 지성도 미션에 성공을 하고 박스에서 열쇠를 꺼내 감옥에 가쳐 있던 공주를 첨탑에서 구출을 하는 모습을 지켜보았다.

그리고 그 안에서 최유진이 아름다운 공주풍의 드레스와 티아라를 하고 나오는 모습을 보고는 자신도 모르게 소리쳤다.

"대박!"

조금 전 킹덤 엔터를 성토하던 것은 어느새 잊혀지고, 방금 화면 가득 들어온 최유진의 아름다운 모습만이 그의 머

릿속에 가득했다.

"와! 너무 잘 어울린다."

멍하니 최유진의 아름다운 모습에 취해 있는 지성의 귀에 동생 지연의 목소리가 들렸다.

'윽! 반박할 수가 없다.'

지성은 동생의 목소리에 뭔가 반박을 하고 싶지만 그럴 수가 없었다.

다른 때 같았으면 말도 되지 않는 소리라고 동생과 한바탕 언쟁을 벌였겠지만, 지금 화면 속에 보이는 두 사람의 모습은 정말이지 그림과도 같이 어울렸다.

— 역시 로열 가드의 리더 정수현, 그 이름값을 하는 군요.

— 그러게 말입니다. 더욱이 로열 가드가 바로 제1호 공주로 출연한 최유진 씨의 소속사인 킹덤 엔터에서 얼마 전 데뷔를 한 신인 아이돌 그룹 아닙니까?

이명진과 김종현은 수현을 띄우기 위해서인지, 아니면 도전! 드림팀 시즌3에 많은 제작 지원을 한 킹덤 엔터를 홍보하기 위해서인지 모르겠지만 계속해서 킹덤 엔터와 로열 가드 그리고 로열 가드의 리더인 수현에 대해 계속해서 언급을 하였다.

사실 이들이 이러는 것은 모두 사전에 약속이 된 것이

었다.

연예 기획사에서 도전! 드림팀 시즌3를 제작 지원 하는 이유가 바로 자신들이 띄우고 싶은 연예인을 홍보하기 위해 많은 자금을 들여 제작 지원을 하는 것이다.

그로 인해 KTV나 도전! 드림팀 연출부는 많은 예산을 편성하지 않고, 또 힘들게 출연진을 섭외를 하지 않아도 되었기에 서로가 윈윈을 하는 작업이었다.

더욱이 수현이 도전! 드림팀 시즌3 출연진 중 유일하게 미션을 성공을 하였기에 해설을 맡은 이명진이나 캐스터인 김종현이 계속해서 언급을 해도 누가 뭐라고 할 사람이 없기에 계속해서 수현이 미션을 통과하는 모습을 리플레이해서 보여주고 또 제1호 공주로 출연한 최유진의 모습도 보여주고 있다.

— 이거 연출부의 예상과 다르게 엄청난 용사가 나타나 험난한 역경을 이겨내고 공주님을 구출하였습니다. 그런데 이명진 씨는 설마 첨탑에 갇힌 공주님이 톱스타 최유진 씨라고 상상이나 했습니까?

— 아니요. 그리고 나쁜 용이 납치한 것은 공주님이 아니군요.

— 공주님이 아니라니요?

느닷없는 이명진의 말에 김종현은 당황해 물었다.

그런 김종현의 모습과 상관없이 이명진은 자신의 말을 멈추지 않았다.

— 공주님이 아니라 여왕님을 납치했어요. 그러니 로열 가드의 기사단장이 나서서 여왕님을 구출을 한 것입니다.

— 아하! 그런 말씀이셨군요. 맞습니다. 여왕님을 구출하기 위해 로열 가드의 기사단장님이 나섰습니다. 하하하!

이명진의 에드리브에 김종현도 그제야 그 말뜻을 이해하고 맞장구를 쳤다.

그런 두 사람의 만담에 방송을 보고 있던 지성은 본인은 인식하고 있지 못하지만 입가에는 미소가 걸리고 고개를 끄덕이고 있었다.

'당연하지! 여왕님을 위해서는······.'

지성은 이명진과 김종현의 해설이 무척이나 마음에 들었다.

그리고 그런 생각은 지성뿐만 아니라 최유진의 팬 카페에 가입된 사람이라면 모두 그렇게 생각할 이야기였다.

수현이 성공하는 모습이 끝나고 MC 이훈재의 클로징 멘트가 나갈 때까지 지성과 지연은 자신들만의 공상에서 벗어나지 못했다.

― 멈추지 않고 달려, 널 향해 힘껏 소리쳐!

MC이훈재의 클로징 멘트가 끝나고 도전! 드림팀의 정규 프로그램이 끝남을 알리듯 수현이 리더로 있는 로열 가드의 데뷔곡이 흘러나왔다.

*   *   *

세계를 재패할 또 하나의 월드 스타 탄생.

월드 스타 최유진을 보유한 중견 연예 기획사인 킹덤 엔터테인먼트에서 3년 만에 선보인 남성 아이돌 그룹 로열 가드. 로열 가드는 월드스타 최유진의 경호원이던 정수현을 리더로 뛰어난 춤과 노래 실력을 가진 8명이 뭉친 그룹이다.

그리고 특이하게도 로열 가드의 리더 정수현은 경호원이란 특이한 이력은 물론이고, 뛰어난 외모가 사진작가 김영만 씨의 눈에 띄며 모델을 한 경력을 가지고 있다.

본 기자의 조사 결과 정수현은 연습생 기간이 다른 멤버들에 비해 무척이나 짧은 것으로 알려져 본 기자를 놀라게 하였다. 그렇다고 정수현이 다른 멤버들에 비해 춤이나 노래 실력이 떨어지느냐 하면 그렇지도 않다는 것이 킹덤 엔터 관계자의 말이다.

이를 보면 로열 가드의 리더 정수현은 결코 다른 멤버들에 비해 나이가 많다는 것만으로 리더가 된 것은 아님을 알 수 있다. (중략) 겨우 데뷔 1주 만에 데뷔곡은 물론이고 유닛 그룹의 노래 두 곡까지 총 세 곡을 순위권에 올리는 기업을 토하며, 2주차에는 1위를 차지하는 기염을 토했다.

이는 데뷔를 한 신인 아이돌 그룹으로서는 최단기간이며, 더욱 이들 그룹을 눈여겨 볼 것은 국내 데뷔는 물론이고 아시아권 POP 차트에도 동시에 이름을 올리고 있다는 것이다.

물론 로열 가드가 이렇게 단기간에 큰 인기를 끄는 요인으로는 이들의 데뷔곡에 피처링으로 참여를 한 월드 스타 최유진의 영향이 없지 않지만 (중략) 이들의 행보가 앞으로도 궁금해진다.

― 일간 연예 박정선 기자

*   *   *

9월 첫 주 데뷔를 한 로열 가드는 데뷔와 함께 정신없이 바쁜 나날을 보냈다.

그도 그럴 것이 아홉 명의 멤버들 전원이 키도 크고 외모 또한 잘생겼다.

그뿐이라면 신인 아이돌 그룹으로서 어느 정도 인지도가 쌓일 때까지 시간이 걸렸겠지만, 로열 가드는 그렇지 않았다.

데뷔도 충격적으로 하더니 연타석으로 히트를 쳤다.

데뷔 무대에 데뷔곡의 피처링을 한 아시아의 여왕 최유진이 직접 데뷔 무대까지 나와 서포팅을 해주고, KTV의 일요일 간판 예능인 도전! 드림팀 시즌3에 리더인 정수현이 나와 어려운 미션을 모두 통과를 하고 납치된 공주를 구출을 하였다.

더욱이 그 미션은 너무도 어려워 모든 출연자들이 도중에 탈락을 한 상황에서 마지막으로 출연을 하여 유일하게 성공을 한 것이었기에, 마치 도전! 드림팀 시즌3의 첫 화는 수현의 독무대나 마찬가지였다.

일부러 제작진들이 짜고 킹덤 엔터와 수현을 띄우기 위해 조작을 한 것이 아닌가 하는 의혹이 일기도 했다.

물론 도전! 드림팀 시즌3에 출연했던 출연자들이 SNS를 통해 그런 일은 없다는 해명 아닌 해명을 하면서 그런 의혹이 수그러들었지만, 그 일 때문에 잠시 도전! 드림팀 제작진이 시청률을 높이기 위해 조작을 한 것이 아니냐는 말들이 루머처럼 끊이지 않고 돌아다녔다.

그렇게 의혹이 커지면서 수현과 로열 가드는 오히려 이름값이 높아져만 갔다.

비록 예전의 명성만 못하다 하지만 도전! 드림팀은 고정팬이 상당하다.

그런 도전! 드림팀에서 비록 1회 출연이지만 수현은 확실하게 팬들에게 자신의 존재감을 인식시켰다.

더욱이 도전! 드림팀의 연출을 맡은 유명한 PD나 KTV 예능국장도 이것이 기회라 생각하고 수현과 로열 가드를 대대적으로 밀어주었다.

그러다보니 로열 가드와 리더인 수현의 이름은 빠르게 팬들의 가슴 속으로 파고들었다.

그에 따라 로열 가드 그리고 유닛 그룹인 나이트R과 나이트G의 이름도 덩달아 팬들의 입에 오르내렸다.

그 결과로 데뷔를 한 지 얼마 되지도 않았는데, 대학 축제나 기업의 단합대회에 섭외가 되어 하루에도 몇 개나 되는 스케줄을 해야 했으며, 틈틈이 방송에도 출연을 하였다.

그렇게 수현과 로열 가드는 데뷔를 하고 쉬지도 못하고 11월까지 세 달 동안 정신없는 스케줄을 소화했다.

드르륵!

"도착했다. 모두 내려라!"

전창걸은 차가 멈추자 빠르게 차에서 내리며 소리쳤다.

"실장님! 이번 스케줄 끝나면 정말로 오늘 스케줄은 모두 끝나는 것이지요?"

차에서 내리던 성민은 뻐근한 목을 돌리며 전창걸에게 물었다.

"그래, 여기 스케줄 끝나면 오늘 스케줄은 끝이다."

자신에게 스케줄을 물어오는 성민을 보며 전창걸은 담담

한 목소리로 대답을 하면서 벤에서 내리는 로열 가드 멤버들을 챙겼다.

솔직히 로열 가드뿐만 아니라 이들을 서포터 하는 매니저나 코디 등도 모두 엄청 피곤한 상태다.

그렇다고 회사에서 잡은 스케줄을 피곤하다고 펑크를 낼수는 없지 않은가. 아무리 인기를 끌고 있다고 하지만 로열가드는 이제 데뷔한 지 몇 개월 되지 않은 신인 아이돌 그룹이다.

아직은 방송 프로그램이나 섭외를 하는 곳을 가릴 입장이아닌 것이다.

물 들어올 때 노 저으라고 했던 것처럼 지금은 이를 악물고 한 번이라도 더 팬들을 찾아갈 때다.

솔직히 로열 가드가 지금 얻고 있는 인기는 오롯이 로열가드가 잘해서 얻는 인기는 아니다.

톱스타 최유진의 명성에 어느 정도 편승해 오른 인기다.

그러니 그 영향이 사라지기 전 거품처럼 부풀어 오른 인기를 로열 가드의 인기로 만들어야만 한다.

그리고 그렇게 하기 위해선 팬들에게 한 번이라도 더 얼굴을 보이며 인지도를 높여야 할 필요성이 있었다.

그러니 피곤하겠지만 많은 스케줄을 잡아 이들을 돌릴 수밖에 없었다.

그런 기획사의 의도가 맞았는지, 데뷔를 한 지 3개월이다 되어가는 대도 로열 가드는 찾는 곳이 많았다.

아마 로열 가드는 내년 정도만 되도 최정상의 아이돌 그룹으로 인식이 될 것이 분명했다.

그 때문에 전창걸은 피곤하지만 이를 참을 수 있었다.

사실 전창걸은 킹덤 엔터와 같이 대형 기획사에서 실장을 할 정도의 경력을 가지고 있지는 않았다.

하지만 조금만 더 경력을 쌓으면 실장에 오르고, 이름 있는 스타를 맡을 수 있다는 희망을 가지고 있었다.

그런데 느닷없이 위에서 지시가 떨어졌다.

이제 갓 데뷔를 하는 남자 아이돌 그룹을 맡으라는 지시였다.

처음 이런 지시를 받았을 때만해도 전창걸은 많은 부담을 느꼈다.

신인 아이돌 그룹을 맡는 것은 결코 쉽지 않은 일이기 때문이다.

더욱이 아홉 명이나 되는 인원수를 가진 아이돌 그룹이었다.

그리고 전창걸은 아이돌 그룹의 매니저를 하면서 한 번 실패를 한 경험도 있었기에 처음 로열 가드를 맡으라는 지시가 내려왔을 때는 고사를 하였다.

아직 자신이 신인 아이돌 그룹을 맡을 실력이 되지 않는다는 이유에서였다.

하지만 회사에서는 그에게 실장으로 승진을 시키면서 적극적으로 지원을 해주겠다는 약속과 함께 데뷔를 할 로열 가드를 지원할 계획까지 들려주었다.

회사에서 로열 가드에 얼마나 큰 기대를 하는지 알게 된 전창걸은 그제야 자신이 기회를 잡았다는 것을 깨닫게 되었다.

무려 킹덤 엔터의 간판이라 할 수 있는 최유진이 나서서 이들의 노래에 피처링을 하고, 또 음악 프로에 출연을 한다고 명시되었으니 전창걸이 이 사실을 듣고 어떤 생각을 하겠는가. 당연 로열 가드의 전담 매니저가 되는 것에 적극적으로 나설 수밖에.

그 뒤로 로열 가드가 9월 데뷔를 하고, 전창걸은 무려 3개월여를 집에 제대로 들어가지도 못하고 로열 가드의 숙소에서 숙식을 함께 하였다.

이 때문에 부인과 작게 다툼이 있기는 했지만 이도, 자신이 엉뚱한 곳에서 헛힘을 쓰고 있는 것이 아니라 자신이 맡고 있는 로열 가드와 함께 하고 있는 모습을 보여주자 그의 부인도 이해해 주었다.

그리고 그의 부인이 로열 가드의 리더인 수현과 사진을 찍고 가는 작은 해프닝이 있었다.

마지막 스케줄을 하러 가는 로열 가드의 뒷모습을 보면서 전창걸은 그렇게 엉뚱한 생각이 잠깐 머리를 스치고 지나갔다.

"대한민국을 뜨겁게 달구고 있는 아이돌 그룹, 로열 가드! 박수로 맞아 주십시오."

무대 위에서 MC의 소개를 받고 있는 로열 가드의 모습을 보면서 전창걸은 자신도 모르게 뿌듯한 자부심에 어깨가 올라갔다.

'후후, 내가 바로 로열 가드의 매니저다.'

밝게 빛나는 스타와 다르게 그들을 서포트 하는 매니저는 그 빛에 가려진 사람이다.

온갖 궂은 일을 맡아 하는 사람이라 언제나 고개를 숙이고 기분이 나빠도 웃어야 하고, 때로는 쌍욕을 먹기도 한다.

그래도 실없는 놈처럼 매니저는 얼굴 한 번 찡그리지 않고 웃어야 한다.

그래야 자신이 맡은 연예인이 욕을 먹지 않고 불이익을 당하지 않기 때문이다.

그 때문에 매니저는 엄청난 스트레스에 시달리며, 위장병이나 탈모와 같은 스트레스성 질병을 달고 산다.

전창걸도 한 때는 그런 질병에 시달릴 때도 있었다.

하지만 로열 가드를 맡으면서 그런 일은 전혀 없었다.

처음 로열 가드를 맡을 때만 해도 아홉 명이나 되는 멤버를 어떻게 케어 할 것인지 신경이 쓰였다.

한창 예민한 멤버도 있고, 또 이제 머리가 굵어져 고집이 생긴 멤버도 있었다.

연습생 때야 회사 관계자만 만나고 고개를 숙이며 순종적인 모습을 보이지만, 데뷔만 하면 어떻게 변할지 모르는 것이 연예인이다.

그런데 로열 가드는 전혀 그런 것이 없었다.

전창걸은 그런 것을 보면 자신이 참으로 복 받았다는 생각이 들었다.

그러면서 무대 가운데 격렬한 춤을 추고 있는 로열 가드의 리더 수현을 지긋이 쳐다보았다.

자신보다 한참이나 나이가 어린 친구이지만 수현은 큰 사람이었다.

리더십이나 카리스마는 그가 갓 데뷔를 한 신인이 아닌 연예계에서 몇 년을 군림하고 있는 톱스타처럼 보이게 했다.

그 때문인지 로열 가드 멤버들은 엄청난 인기를 얻고 있음에도 전혀 엇나가지 않고 연예계 내에서도 모범생으로 통하고 있었다.

그런 것이 이들의 매니저를 하고 있는 전창걸에게는 큰 도움이 되고 있으며, 자부심을 느끼게 하고 있다.

Chapter 4

섭외

와와!

꺄! 꺄!

무대가 끝나고 복도를 따라 걷고 있는데도 주변에선 아직도 팬들의 환호성이 들리고 있었다.

그런 팬들의 환호를 받으며 로열 가드 멤버들은 지친 몸을 이끌고 자신들의 대기실로 향했다.

하지만 이들은 대기실로 들어가지 않고 중간에 이들을 마중을 나온 매니저 전창걸을 만났다.

"왜 나와 있어요?"

수현은 대표로 전청걸에게 물었다.

"어, 대기실을 들렸다 가면 너무 늦을 것 같아 물건들은 미리 보냈다. 그냥 바로 주차장으로 가자!"

전창걸은 마지막 스케줄을 마치고 돌아오는 로열 가드의 피로를 조금이나마 줄이기 위해 일부러 이들이 놓아둔 물건들은 다른 매니저를 시켜 이들의 숙소로 보냈다.

그리고 자신은 이들이 무대를 마치고 돌아오면, 바로 픽업을 하기 위해 중간에 대기를 해고 있었던 것이다.

"아, 그래요. 알겠습니다."

대답을 하는 수현의 뒤로 로열 가드 멤버들은 말없이 전창걸을 따라 주차장으로 향했다.

드르륵!

주차장에 도착한 이들은 조용히 자신들에게 주어진 이동용 차량에 탑승을 하였다.

인원이 아옵 명이나 되는 대형 그룹이기에 이들에게 주어진 차량은 유명 스타들이나 타는 스타X 벤이었다.

원래 신인 그룹에게는 잘 주어지지 않는 차량이었지만 킹덤 엔터에서는 그룹의 역량을 총동원해 데뷔를 시킨 그룹이라 그런지 이들이 이동용 차량에도 신경을 써서 스타들에게나 지급이 되는 스타X 벤을 지급한 것이다.

그리고 회사의 바람대로 이들은 데뷔와 함께 큰 인기몰이를 하며 스타로 발돋움하였다.

그러니 회사가 이들에게 스타X 벤을 처음부터 지급한 것이 결코 틀린 선택은 아니었던 것이다.

"으으 힘들다."

차에 오른 멤버들은 하나 같이 의자에 몸을 누이며 작게 신음을 흘렸다.

새벽부터 스케줄 준비를 하고 늦은 저녁까지 스케줄을 소화하는 것은 여간 힘든 것이 아니었다.

그런 로열 가드 멤버들을 보며 전창걸이 한마디 하였다.

"기쁜 소식이 하나 있다."

"기쁜 소식이요?"

자신들의 전담 매니저인 전창걸이 기쁜 소식이 있다는 소리에 멤버들은 별로 기대를 하지 않는다는 듯 피곤한 목소리로 작게 물었다.

그런 멤버들의 모습에 전창걸은 작게 한숨을 쉬며 조금 전 들은 소식을 전해주었다.

"그래, 너희가 너무도 열심히 회사의 방침을 따라준 덕분에 어느 정도 너희의 인지도가 자리를 잡았다 판단을 한 회사에서 너희에게 3일간 휴가를 주기로 하였다."

전창걸은 운전을 하는 도중 룸미러를 보며 이야기를 들려주었다.

그런 전창걸의 이야기를 들은 성민과 윤호는 환호성을 질렀다.

"야호!"

"휴가다!"

비록 짧기는 하지만 휴가라는 말에 피곤도 잊고 환호성을 지르는 막내들의 모습과 다르게 20대인 형들은 환호성은 아니지만 작게 주먹을 쥐며 기뻐하였다.

아직 10대인 막내 라인은 매니저인 전창걸의 눈치를 보지 않고 그저 기쁜 것을 바로 표현을 했지만, 다년간 연습생으로 생활을 하고, 또 성인이 된 멤버들은 회사 직원인 전창걸의 눈치를 보느라 휴가에 기뻐하면서도 그것을 크게 겉으로 표하지 않은 것이다.

이것이 10대와 성인인 20대 멤버의 차이였다.

그리고 휴가라는 말에 수현은 아무런 말없이 묵묵히 전창걸의 말을 곱씹었다.

'하기는 바쁘게 달려왔으니 이쯤에서 휴식이 필요하기는 했어!'

자신이야 시스템의 영향으로 별다른 영향이 없지만, 다른 멤버들은 아니었다.

남들과 다른 신체 능력으로 일주일동안 날을 새고 작업을 하더라도 별로 피곤함을 느끼지 않을 자신과 다르게 다른 멤버들은 그저 평범한 일반인들이 아닌가. 물론 다년간 단련이 되어 보통 사람들보단 조금 참을성이 있어 어느 정도는 버티겠지만 그뿐이다.

사실 이번에 휴식이 주어진 것은 조금 늦은 감이 없지 않았다.

오늘 무대도 간신히 큰 실수 없이 마무리 되었는데, 안무 중간에 막내 라인의 성민과 창민이 작은 실수를 하였다.

물론 팬들은 이를 눈치 채지 못했지만 시스템의 영향을 받는 수현은 그 작은 실수도 알아 볼 수 있었다.

그리고 막내 라인만 실수를 하는 것은 아니다.

20대의 라인에서도 실수는 어김없이 나왔다.

다만 이들은 그동안 연습을 했던 역량이 있기에 순간 대처를 하면서 잘 넘어갔다.

하지만 이대로 타이트한 스케줄이 계속 된다면 언젠가는 탈이 날 지경에 왔다.

다행이 회사에서 문제가 발생하기 전에 휴가를 준 것은 천만다행이 아닐 수 없다.

"실장님!"

"왜?"

"그럼 휴가 기간에 숙소에만 있어야 하나요? 아니면 자유 시간을 주는 것인가요?"

성민은 벌써부터 흥분된 표정으로 눈을 빛내며 물었다.

"아, 당연히 자유 시간이지. 너무 바쁜 스케줄로 피곤했을 것이니 모두 집에라도 다녀와!"

"와!"

말로만 휴가가 아니라 정말 말 그대로 휴가라는 사실을

알게 된 멤버들은 이번에는 막내라인과 20대 성인 라인 할 것 없이 모두 환호성을 질렀다.

조금 전에야 눈치가 보여 크게 기뻐하지 못했던 20대 라인들도 회사의 터치가 없는 자유 시간을 주어진 것에는 함께 기뻐하였다.

'나도 이참에 부모님께 다녀와야겠구나!'

멤버들이 기뻐하는 중에 수현도 한 동안 바쁘게 스케줄을 소화하느라 몇 달 동안 부모님을 찾아보지 못한 것이 생각났다.

바쁜 스케줄 중간이라도 멤버들은 휴식일이 종종 주어졌지만, 그런 시간에도 수현은 도전! 드림팀과 같은 다른 스케줄을 하느라 시간을 낼 수가 없었다.

그리고 수현은 도전! 드림팀 시즌3의 고정 출연 계약을 조정하였다.

수현이 도전! 드림팀에 출연을 하기로 한 회차는 아직 남아 있었지만, 그 계약은 수현이 아닌 다른 멤버가 출연을 하기로 수정되었다.

그게 어떻게 된 일인가 하면, 이게 모두 수현이 너무도 뛰어난 능력을 보임으로써 처음 의도와 다르게 프로그램 속에서 수현만 압도적인 모습을 보이면서 점점 시청률이 상승하는 것이 아니라 떨어졌기 때문이다.

톱스타 최유진이 나온 1회 이후 도전! 드림팀 연출부에서는 각 기획사에 공문을 보내 미녀로 소문난 스타들을 섭외를 하였다.

그리고 최대한 오래 써먹기 위해 장애물의 종류도 늘리고 또 난이도를 더욱 높였다.

하지만 다른 출연자들과 다르게 남다른 신체를 가지고 있는 수현은 연출부의 의도가 무색하게 그들이 기획한 장애물을 모두 통과를 하고 섭외된 공주들을 모두 구출을 해버렸다.

실패를 하고 몇 번의 도전 끝에 장애물에 익숙해지기까지 몇 회는 지날 것이란 예상과 다르게 매번 수현이 유일하게 통과를 하고 연출부의 기획을 무너뜨리자 어쩔 수 없었다.

매번 장애물을 어렵게 만드는 것도 상당한 예산이 들어간다.

그뿐만 아니라 공주 역할을 할 여성 스타를 섭외를 하는 것에도 돈이 들어가고, 또 아무리 대한민국에 스타가 많다고 하지만, 시청자들이 인정할 만한 젊고 아름다운 공주 역할에 맞는 여성 스타는 많지 않다.

그런데 수현이 매번 구출을 하게 된다면 도전! 드림팀 시즌3는 처음 기획한 기간보다 짧은 기간에 시즌을 종료할지도 몰랐다.

그 때문에 도전! 드림팀의 연출부는 특단의 조치로 킹덤 엔터의 이재명 사장과 협의를 하게 되었다.

그리고 이재명 사장도 이미 처음 의도 이상으로 수현과 로열 가드의 이름값을 올린 상태에서 굳이 돈도 되지 않는 예능 프로에 수현을 출연시킬 이유가 없었다.

이미 수현의 이름은 다른 톱스타에 버금갈 정도로 높아진 상태다.

그러니 굳이 수현이 아니라 아직은 이름값이 낮은 소속사의 다른 아티스트를 도전! 드림팀에 넣는 것이 이득이었다.

그런 이재명 사장의 생각과 도전! 드림팀을 연출하는 유명한 PD의 생각이 맞아 들어가 재협상을 하였고, 그 결과로 수현은 5회 만에 도전! 드림팀 시즌3에서 나오고 대신 로열 가드의 다른 멤버인 박정수가 수현을 대신해 나가게 되었다.

그런데 도전! 드림팀에서 빠졌다고 해서 수현의 스케줄이 줄어든 것은 아니다.

도전! 드림팀에서 빠진 대신 수현은 다른 예능 프로에 출연을 하여야만 했다.

그리고 다른 예능 프로에 출연을 하는 것은 도전! 드림팀에 출연을 하는 것과는 상당한 차이가 있었는데, 그것은 바로 출연료였다.

도전! 드림팀에 출연할 때만 해도 사실 수현의 출연료는 별거 없었다.

아무리 수현이 모델로 활동을 하고, 또 간간히 TV나 라디오에서 활동을 했다고 하지만 거의 이름이 없는 신인이었다.

그러니 출연료라고 해봐야 그 이름값에 맞는 아주 적은 금액일 뿐이었다.

하지만 이제는 아니다. 이미 이름값이 오른 만큼 1회 출연하는 출연료는 도전! 드림팀에 출연할 때의 몇 십 배로 늘어났다.

연예인의 출연료는 그 연예인의 데뷔 연도도 중요하지만 가장 중요한 것은 뭐니 뭐니 해도 유명세다.

얼마나 유명하냐에 따라 연예인의 출연료가 결정이 되는데, 그 이유는 바로 광고 때문이다.

유명 게스트가 나오는 프로는 그만큼 광고가 잘 붙기에 방송국 입장에서도 이를 무시할 수가 없다.

그런 관계로 로열 가드의 리더이자 기사단장이란 별명을 가지게 된 수현의 출연료가 높아진 것은 어쩌면 당연한 일이다.

그렇게 도전! 드림팀에서는 빠졌지만 수현을 찾는 곳이 많다보니 수현은 벌써 3개월간 집에 가보지도 못하고 간간히 부모님과 전화 통화만 몇 번 했을 뿐이다.

그러니 3일간의 짧은 휴가지만 수현은 이번 기회에 부모님 집에 다녀올 생각이었다.

끼익!

흰색 대형 밴이 도로가에 정지하였다.

이 대형 밴은 많은 연예인들이 이용을 하기에 일명 연예인 밴이라 불리는 것으로 사람들의 관심을 끌기 충분했지만, 다행히 지금은 시각이 너무 늦은 시각이라 주변에는 가로등만 켜져 있고 통행을 하는 사람이 없어 사람은 몰리지 않았다.

드르륵!

척!

"휴가 잘 보내고, 3일 뒤에 보자!"

전창걸은 다른 멤버들을 모두 내려주고, 마지막으로 봉천동의 부모님 집 근처에 내리는 수현을 내려주면서 그렇게 말을 하였다.

"네! 실장님도 조심히 들어가시고, 3일 뒤에 뵙겠습니다."

이제는 톱스타 반열에 든 수현이지만, 데뷔 전이나 데뷔 후나 전혀 변함없이 매니저나 자신들을 돕는 스태프들을 대하는 것에 조심을 하였다.

그런 수현의 변함없는 태도에 로열 가드의 담당 매니저인 전창걸이나 로열 가드의 코디나 메이크업 아티스트들은 자부심을 느꼈다.

"그래, 뭔 일 있으면 먼저 연락하고!"

"네, 늦었습니다. 어서 들어가세요."

"응, 그럼 3일 뒤에 보자!"

"알겠습니다."

탁!

부우웅!

실장인 전창걸은 마지막으로 당부를 하고는 그렇게 수현을 내려주고는 떠났다.

자신을 내려놓고 떠나가는 밴을 한동안 쳐다보던 수현은 전창걸이 탄 밴이 시야에서 사라지자 그제야 몸을 돌려 부모님 집이 있는 골목으로 들어갔다.

늦은 시각이지만 뜨문뜨문 보안등이 켜져 그렇게 어둡지 않았다.

드르륵! 덜컹!

조심스럽게 대문을 열었지만, 늦은 시각이라 그런지 조금은 소란스러운 소음이 들렸다.

수현은 소음 때문에 혹시나 부모님이 깨지는 않을까 조금 불안했지만 어쩔 수 없었다.

그건 수현으로서도 어쩔 도리가 없는 불가항력이기 때문이다.

달그락! 달그락!

오랜만에 온 가족이 모여 아침을 먹었다.

새벽 늦게 들어왔지만, 수현은 아침 일찍 일어나 약수터에 올라 가벼운 운동과 약수 물을 떠왔다.

그런 수현의 모습에 아침을 준비하던 수현의 모친은 가벼운 운동복 차림으로 약수 물을 떠오는 수현의 모습을 보며 깜짝 놀랐다.

"언제 들어온 거야?"

수현의 아버지는 오랜만에 집에 온 수현에게 물었다.

"일이 새벽에 끝나 그때 들어왔어요. 회사에서 열심히 일했다고 휴가를 줘서……."

수현은 아버지의 질문에 간단하게 대답을 하였다.

"그래? 그럼 언제 돌아 가나?"

"네, 휴가가 3일간이니 내일 모레 들어가면 돼요."

"어머! 그래?"

수현의 대답이 끝나기 무섭게 수현의 모친이 얼른 수현의 말을 받았다.

"왜요? 제게 무슨 하실 말씀 있으세요?"

모친의 반응에 수현은 어머니를 돌아보며 물었다.

"응, 그게 엄마 친구들이 너 얼굴 좀 보여줄 수 없냐고 해서……."

아들이 단순히 연예인을 하는 것이 아닌 일약 스타가 되다 보니 여기저기서 그녀에게 수현을 보여 달라는 청탁이 많았다.

특히나 그녀의 친구들 중 자식이 연예인이 되겠다고 하는 친구들 몇 명 있어 그녀에게 더욱 적극적으로 청탁을 하는 것이었다.

예전에야 연예인이라면 딴따라라며 무시를 했었지만, 현대에 와서는 그 위상이 바뀌어 있지 않은가. 자라나는 청소년들에게 가장 되고 싶은 꿈이 무어냐 물어보면, 90% 이상이 연예인이라고 말할 정도로 연예인은 이제는 청소년들에게 꿈의 직업이 되었다.

그렇다고 연예인이 마냥 빛나는 존재만은 아니다.

종종 TV를 통해 연예인 성상납이나 연예인을 시켜주겠다며 사기를 치는 악덕 연예 기획사에 대한 뉴스가 보도가될 때면, 부모들은 연예인이 되고 싶어 하는 자식들을 어떻게 대해야 할지 걱정이 앞섰다.

그러니 수현의 모친에게 그 친구들이 청탁을 하는 것은 어쩌면 당연한 일일 수도 있었다.

당사자에게 이야기를 듣는다면 좋은 방안이 나올 수도 있지 않을까 하는 바람에서 그녀에게 친구들이 수현을 한 번만나게 해달라고 하는 것이다.

"뭐 상관없어요. 특별히 회사에서 연락이 오지 않는 이상, 모레까지는 휴가를 즐길 생각이니."

수현은 어머니의 이야기에 별로 생각하지 않고 대답을 하였다.

급하게 잡힌 3일간의 휴가지만 회사에서 스케줄을 아무것도 잡지 않아 시간은 넉넉했기 때문이다.

"그럼 오늘도 시간 괜찮겠니?"

이왕 말이 나왔으니 쇠뿔도 단숨에 빼라고 했다고, 수현의 어머니는 당장이라도 약속을 잡을 기세였다.

"네, 그럼 쉬고 있을 테니 시간 약속 잡으시면 알려주세요. 전 체육관에나 가 있을게요."

이곳저곳에서 찾는 바람에 쉬지도 못하고 열심히 뛰어다녔다.

그러다 아무런 스케줄 없이 3일간 휴가가 주어지자 수현은 그 동안 찾아보지 못했던 태권도 스승 이대웅을 찾아뵈려는 계획을 가지고 있었다.

"응, 알았다. 엄마 친구들과 통화하고 알려줄게!"

"네, 그렇게 하세요. 잘 먹었습니다."

수현은 식사를 마치고 어머니에게 감사 인사를 하고 자리에서 일어났다.

*　　　*　　　*

웅성! 웅성!

작은 카페, 사람들의 시선이 한 곳으로 몰렸다.

그도 그럴 것이, 카페 안에 연예인이, 그것도 유명 연예인이 나타났기 때문이다.

봉천동의 작은 동내 카페에 유명 연예인이 나타났으니 당연히 사람들이 몰리기 시작했고, 무척이나 혼잡했다.

하지만 오랜만에 손님이 몰리자 카페 주인은 정신없는 중에도 행복한 미소를 짓고 있었다.

동내 작은 카페의 하루 수익은 뻔한데, 오늘은 이른 시각에 벌써 하루 매상을 초과했기 때문이다.

그리고 지금도 주변에 소문이 퍼졌는지, 카페 밖에는 카페에 들어오지 못한 사람들이 장사진을 치고 있었다.

"수현아! 네가 이렇게 잘 될지 이모는 진즉에 알고 있었다."

진수연은 수현의 손을 잡으며 밝게 웃으며 덕담을 하였다.

그녀는 수현의 모친인 조윤희의 고교 동창생으로, 수현이 어려서부터 알고 지내던 사이였기에 이모라 불렀다.

"맞아! 수현이는 어려서부터 똑 소리 났지."

또 다른 조윤희의 친구인 김연자도 진수연의 말에 맞장구를 쳤다.

이 두 사람이 이렇게 수현에게 살갑게 대하는 것은 어려서부터 수현을 봐온 것도 있지만 사실 그녀들이 수현에게 이렇게 대하는 것은 이들의 자식들이 연예인을 꿈꾸며 연예 기획사에 연습생이 되고 싶어 하기 때문이었다.

물론 테이블에는 이들뿐만 아니라 조윤희의 다른 친구들도 있었지만, 이야기의 주도는 이들 두 사람이 주도하고 있었다.

다른 친구들이야 모임에 참석을 하면서 친구들과 수다를 떨기 위해서 모였지만, 이들 두 사람은 자식들의 미래에 관해 조언을 듣고 싶었기에 친구들과의 대화 보다는 수현과의 대화에 열중했고, 또 친구들 또한 두 사람의 심정을 잘 알기에 분위기를 맞춰주는 중이다.

그런 두 사람에게 수현은 그들이 궁금해 하는 것이나 조심해야 할 것 등을 이해하기 쉽게 설명을 하였다.

실제로 대한민국에는 무수히 많은 연예 기획사들이 있다.

그중에는 정상적으로 연예인을 키우며 영업을 하는 연예 기획사가 있는 반면, 또 어떤 곳은 간판만 연예 기획사로 꾸미고 연예인이 되기 위해 찾아온 어린 청소년들을 유혹해 구렁텅이로 떨어뜨리는 막장도 있었다.

또 어떤 곳은 정상적으로 연예 기획사 간판을 가졌으면서 돈이 되는 사람과 그렇지 않은 사람을 나눠 돈이 되지 않는 연습생에게는 다른 명목으로 돈을 뜯어내거나, 기획사를 키우는 밑거름으로 활용하는 것도 있다.

재능은 없지만 연예인이 되고 싶은 연습생은 회사 간부의 이런 제안을 쉽게 거절하지 못하고 유혹에 넘어가게 된다.

하지만 이렇게 힘 있는 자들에게 성상납을 한다고 해서 없는 재능이 생기는 것도 아니고, 어쩌다 한 번 비중 없는 배역을 받고 계속해서 다른 사람을 띄우기 위한 밑거름으로 사용될 뿐이다.

그러니 수현은 화려한 연예계의 모습만이 아닌 비정한 이면까지 이모라 불리는 이들에게 들려주며 경고를 하였다.

자식이 하고 싶다고 해서 무턱대고 들어줄 것이 아니라, 객관적으로 자식들에게 연예인이 되기 위한 자질이 있는지 검토를 하고, 만약 그런 재능이 있다면, 이름이 알려진, 누구나 인정하는 기획사에 오디션을 보기를 권했다.

만약 그렇지 않고, 재능이 없거나 애매모호한 것이라면, 꿈을 접는 것이 좋다는 조언도 하였다.

그런 수현의 이야기를 모두 들은 이들은 표정이 조심스러워졌다.

연예인이란 것이 결코 쉬운 길이 아니란 것을 알게 된 것이다.

화려한 모습 뒤에 연예인들이 얼마나 많은 노력을 하고, 또 그렇게 경쟁을 뚫고 스크린이나 TV에 데뷔를 한다고 해서 모든 것이 끝이 아니라는 것 또한 알게 되면서 이들의 표정이 굳어지는 것은 어쩌면 당연한 일이었다.

수현은 연예인이 되기 위해 준비해야 할 것들과 주의사항 등을 어머니 친구 분들에게 설명을 하고 어느 정도 시간이 흐르자 자리에서 일어났다.

어머니 친구 분들이 궁금해 하는 부분을 모두 이야기하고 나자 더 이상 이 자리에 앉아 있을 이유가 없었다.

이 시간 이후는 어머니와 친구 분들만의 시간이기 때문이다.

"더 궁금하신 것 있으시면 또 연락주세요."

"오늘 정말 고마워!"

더 이상 할 이야기도 들을 이야기도 없자 수현은 얼른 자리에서 일어났다.

"아들 오늘 수고했어! 엄마는 이모들이랑 좀 더 있다가 저녁 먹고 들어간다."

"네, 아버지도 오늘 친구 분들이랑 저녁 드시고 오신다고 했으니 전 걱정하지 마시고 이모님들이랑 잘 놀다 오세요."

"그래, 그럼 먼저 들어가! 아들!"

수현은 어머니에게 인사를 하고 또 어머니 친구 분들에게도 인사를 하고 카페를 나갔다.

"그럼 전 이만 가보겠습니다."

"수현아! 오늘 정말 고마워!"

"네, 진주하고 혁수에게 잘 생각해 보고 결정하라고 하세

스타라이트

요. 그럼."

마지막까지 조언을 잊지 않은 수현은 자식들이 연예인을
꿈꾸고 있는 두 사람에게 당부의 말을 하고 자리에서 일어
났다.

"안녕히 가세요!"

딸랑!

수현이 카페를 나갈 때, 뒤에서 종업원의 인사말이 들리
고 또 그의 등 뒤로 카페의 많은 사람들의 시선이 꽂혔다.

하지만 수현은 그런 팬들의 시선은 의식하지 않고 제 갈
길을 갔다.

따르르릉!

길을 걷던 수현은 점퍼 안주머니에서 전화벨이 울리자 얼
른 전화기를 들었다.

'누구지?'

오랜 만에 휴가를 받은 자신에게 전화를 걸어 올만한 사
람을 생각해 보았지만 딱히 떠오르는 사람이 없었다.

전화를 건 사람이 누군지 생각을 하다 휴대폰을 확인하니
그곳에는 생각지 못한 사람의 이름이 적혀 있었다.

'실장님이 무슨 일이지?'

휴대폰 액정에는 다름 아닌 로열 가드의 매니저인 전창걸
이란 이름이 적혀 있었던 것이다.

"내 실장님! 수현입니다."

수현은 담당 매니저인 전창걸이 휴가 기간에 이유 없이 자신에게 전화를 걸었을 것이라고는 생각지 않았기에 얼른 받았다.

"네, 괜찮습니다. 바로 회사로 가겠습니다."

잠시 회사로 나와 줄 수 있냐는 물음에 수현은 얼른 대답을 했다.

회사에서 멤버들이 지친 것을 알고 휴가를 주었는데, 휴가 기간에 회사에 나오라 하는 것이 너무 미안한지 자꾸만 사과를 하였던 것이다.

"아니에요. 지금 밖이니 바로 회사로 갈게요."

차를 보내주겠다는 말에 수현은 거절을 하고 전화를 끊었다.

그리고 조금 전 나왔던 카페로 들어가 어머니에게 이야기를 하려다 그냥 전화로 알리기로 하였다.

"어머니, 저 회사에서 좀 보자고 해서 지금 회사 들어가봐야 해요."

한참 친구들과 이야기를 하던 중 수현의 전화를 받은 어머니에게 자세한 이야기를 하고 어떻게 될지 모르니 자신은 기다리지 말고 주무시라고 이야기를 하였다.

무슨 일인지 모르지만 지금 회사에 들어갔다가 이야기를 하고나면 조금 시각이 늦을 것 같았기 때문이다.

그러면 굳이 집으로 갈 것이 아니라 숙소로 갈 수도 있기에 괜히 자신이 들어올 때까지 부모님이 기다리게 할 수는 없었다.

어머니에게 자신의 행적을 알린 뒤 수현은 택시를 타고 회사로 향했다.

카페를 나오기 전 나름대로 분장을 했기에 운전기사는 수현이 연예인이라는 것을 알아보지 못했다.

다만 잘생겼다는 덕담을 듣기는 했다.

*　　　*　　　*

"안녕하세요."

킹덤 엔터에 도착한 수현은 사무실 안으로 들어가며 인사를 하였다.

가수를 담당하는 매니지먼트 2팀은 갑자기 들린 소리에 소리가 들린 입구 쪽으로 시선을 던졌다.

"어서와!"

"와우! 우리 기사단장님이 여긴 어쩐 일이야!"

담당 연예인들의 서포트를 위해 스케줄을 나간 인원을 빼면 몇 명 남아 있지는 않았지만 수현이 자신들의 사무실을 들어서며 인사를 해주자 반갑게 수현을 맞아주었다.

"아예, 전창걸 실장님이 일이 있다고 해서 들렸습니다."

매니지먼트 2팀 직원들도 로열 가드 멤버들이 3일간 휴가를 받았다는 것을 알고 있었기에 수현이 회사에 나온 것을 의아해 했다.

"그래? 전 실장님은 사장님께 가셨는데, 어떻게 할래? 직접 가볼래? 아니면 여기서 기다릴래?"

"그래요? 그럼 그냥 올라가 볼게요."

수현은 잠시 고민을 하다 자신이 직접 사장실로 올라가 보기로 하고, 인사를 한 뒤 매니지먼트 2팀 사무실을 나섰다.

자신을 부른 전창걸을 사무실에서 기다릴까도 생각을 해 보았지만, 수현은 자신이 포함된 로열 가드를 사장인 이재명이 큰 관심을 두고 있고, 아니 이재명뿐만 아니라 이사들까지도 로열 가드에 기울이는 관심이 크다는 것을 알고 있다.

그 때문에 로열 가드가 신인임에도 실장급 전창걸이 자신들을 전담하고 있으며, 자신들에게 붙는 스태프들도 모두 베테랑들이라는 것도 잘 알았다.

아마 오늘 일도 실장인 전창걸이 주도하는 것이 아니라 회사 차원에서 들어온 일 때문에 자신을 부른 것일 것이다.

그래서 수현은 이왕 회사에 온 것 오랜만에 이재명 사장도 볼 겸, 사장실로 직접 가려는 것이었다.

*　　　　*　　　　*

스타라이프

"안녕하세요. 안에 사장님 계시죠?"

수현은 사장실 입구 비서에게 인사를 하며 물었다.

"어서 오세요. 잠시만 기다려주세요."

비서는 수현의 인사를 받으며 잠시 기다려 줄 것을 부탁했다.

그리고 인터폰으로 수현이 도착했음을 알렸다.

삐!

"사장님! 밖에 정수현 씨가 오셨습니다."

— 들여보내요.

"들어가세요."

"감사합니다."

덜컹!

수현은 비서에게 인사를 하고 안으로 들어갔다.

사장실 안에는 조금 전 매니지먼트 2팀에서 들었던 것처럼 로열 가드의 담당 매니저인 전창걸이 있었다.

그런데 사무실 안에는 그만 있었던 것은 아니었다.

"안녕하세요."

"어서 와!"

"어이구! 우리 대스타님이 오셨네!"

사무실 안으로 들어가며 인사를 하는 수현을 가장 먼저 맞은 사람은 사장인 이재명이었다.

그리고 두 번째로 수현을 맞은 것은 전창걸의 맞은편 옆자리에 있던 김재원 상무였다.

원래 두 개의 그룹으로 나눠 데뷔를 계획하면서 보컬 팀을 맡을 예정이던 김재원 상무였지만, 마케팅을 위해 원래 계획을 깨뜨리고 준비된 아이돌 그룹을 다시 통합하여 로열 가드라는 이름으로 데뷔를 시키는 바람에 한 순간 일자리를 잃었던 김재원이었다.

하지만 김재원 상무는 그것에 연연하지 않고 열심히 로열 가드가 잘 되도록 알게 모르게 힘을 쏟고 있었다.

보통 연예 기획사라면 사장과 그 밑의 이사들이 따로 견제를 하면서 방해는 아니더라도 다른 사람이 맡은 그룹이나 연예인이 크는 것에 도움을 주는 경우는 거의 없었다.

하지만 김재원 상무는 그런 것을 무시하고 자신이 맡았을 나이트G 멤버들 때문이라도 로열 가드가 빠르게 안정화 되도록 물심양면으로 도왔다.

그 때문에 로열 가드는 최유진이라는 대 스타의 후광 효과가 사라지고도 계속해서 연예계에서 승승장구를 할 수 있었다.

그렇기에 오늘도 로열 가드의 일은 아니지만 이재명은 그를 사장실로 부른 것이다.

"어서 와서 앉아라!"

"예!"

수현은 이재명의 말에 얼른 전창걸의 옆자리로 가서 앉았다.

"휴가라고 고작 3일을 줘놓고 하루 만에 다시 회사로 불러서 미안하다."

"아닙니다. 전 전혀 상관없으니 편하게 이야기 하세요."

수현은 이재명의 사과에 별다른 표정 변화 없이 대답을 하였다.

그런 수현의 말에 이재명은 고개를 끄덕이고 수현을 부른 용건을 말했다.

"그래, 그렇게 이야기를 해주니 단도직입적으로 이야기 하마!"

이재명은 자신들이 이곳에 있는 이유와 수현을 이 자리에 부른 용건을 들려주었다.

"널 부른 것은 STV에서 평창 올림픽 유치를 위해 특집 프로그램을 기획 중이란 정보를 들었기 때문이다."

"네?"

느닷없는 이재명 사장의 말에 놀랐다.

하지만 수현은 STV가 특집 프로그램을 준비하는 중이란 것보다 자신을 부른 이유가 궁금해 계속해서 이재명 사장의 이야기를 경청했다.

"동계 올림픽하면 여러 가지 종목이 있겠지만, 우리나라 사람들이 가장 좋아하는 종목이 있지 않냐?"

'피겨 스케이트, 쇼트트랙……'

이재명 사장의 이야기에 몇 가지 떠오르는 종목이 있었다.

그리고 가장 먼저 떠오른 것이 세계 기록을 보유한 여자 피겨 스케이트 선수인 김은하였다.

일명 '퀸 은하'라는 별명을 가지고 있으며, 라이벌인 일본 선수보다 평균 점수가 20점 이상 차이를 보이며 압도적인, 아니 독보적인 점수로 세계 1위의 자리에서 장기간 집권을 하고 있는 대한민국의 자랑이다.

대한민국에 여왕이라는 별명을 가진 존재는 참으로 많다.

하지만 그중에서 국민들에게 진정으로 여왕이라 인정을 받는 존재는 단 두 명뿐이다.

한 명은 한국은 물론이고 아시아 국가들에게서 아시아의 여왕이란 닉네임을 헌정 받은 가수이자 배우, 최유진이다.

그리고 다른 한 명은 동계 올림픽의 꽃인 피겨 스케이트의 김은하 선수다.

피겨 불모지인 대한민국에서 어느 날 갑자기 나타나 세계를 제패한 사람이 바로 김은하 선수였다.

라이벌인 아사다 미오 선수는 어린 시절부터 천재로 알려지면서 국가의 지원을 받아 각종 대회에서 입상을 하면서 명성을 쌓았다.

그에 반해 김은하 선수는 아사다 미오와는 반대로 대회에 참가를 하기 위해 직접 발로 뛰며 대회에 임했다.

출전 비용과 연습 비용을 마련하기 위해 직접 뛰어야 했다.

그럼에도 사람들은 김은하 선수의 이런 노력을 보지 않고 훈련비를 마련하기 위해 그리고 스폰서의 요구에 의해 광고에 나왔던 것을 외면하고 그녀가 CF를 찍었다는 이유만으로 한 없이 깎아내렸다.

하지만 그녀는 그런 안티들의 악플에도 불구하고 모든 것을 관대하게 수용하며 세계 선수권대회는 물론이고 벤쿠버 올림픽에서 금메달을 획득했다.

피겨에서 올림픽 금메달은 그녀가 처음이었다.

아니, 올림픽 메달 자체가 처음이었다.

그때서야 악플을 달며 김은하 선수를 깎아내리던 사람들도 그 순간만큼은 키보드에서 손을 내리고 그녀를 찬양하였다.

이전에도 그녀가 세계 선수권 대회에서 1위를 할 때면 퀸이라 불렀지만, 올림픽 금메달을 수상하면서 진정한 여왕이 되었다.

그렇게 연예계의 별 최유진과 피겨 스케이트에서 세계에 대한민국을 우뚝 세운 김은하 선수만이 대한민국뿐 아니라 세계가 인정하는 진정한 여왕인 것이다.

그런데 STV에서 평창 올림픽 유치를 위해 김은하 선수의 이름을 걸고 예능 프로그램을 촬영을 한다는 정보를 흘렸다.

이 때문에 대한민국에 존재하는 모든 연예 기획사에서 촉각을 세우며 STV를 주시하였다.

그러던 중 킹덤 엔터에 STV로부터 출연 제의가 들어왔다.

이재명은 STV로부터 제의가 들어오자마자 고민에 빠졌다.

누구를 보낼 것인가 하는 문제로 이재명은 한참을 고민하다 김재원 상무를 불러 논의를 하였다.

하지만 김재원 상무와 의논을 해도 답은 나오지 않았다.

김은하 선수의 이름값을 생각하면 아무나 출연을 시킬 수는 없기 때문이다.

그렇다고 킹덤 엔터에 소속된 연예인 중 가장 유명인인 최유진을 STV가 준비하는 예능에 내보낸다는 것도 말이 되지 않았다.

최유진은 분야는 다르지만 김은하 선수 이상으로 유명인이기 때문이다.

그래서 한참을 논의하다 적당한 존재를 떠올리게 되었다.

다만 그가 그 동안 너무 무리한 스케줄을 하다 휴가를 받았다는 것이다.

조건이나 지금 보다 더 뜨기 위해선 이번 예능 프로에 참가하면 좋을 것 같은데, 막상 말을 꺼내기가 저어되었다.

그래서 궁리 끝에 담당 매니저인 전창걸을 불렀다.

그리고 불려온 전창걸도 사장인 이재명의 이야기를 듣고 그것을 자신이 담당하고 있는 수현이 맡게 된다면 참을 좋을 것 같다는 생각에 비록 휴가를 즐기고 있을 수현에게는 미안한 이야기지만 의사를 물어보려고 그를 회사로 불렀다.

이런 이야기를 모두 들은 수현은 망설이지 않고 바로 대답을 하였다.

"예, 제가 할게요. 꼭! 해보고 싶습니다."

수현은 자신에게 이런 기회가 온 것에 눈을 반짝이며 대답을 하였다.

사실 김은하 선수는 수현도 좋아하는 스포츠 스타다.

뭐 남자로서 좋아한다기 보단, 대한민국 국민으로서 국위 선양을 하는 그녀를 존경한다는 표현이 맞을 것이다.

더욱이 수현도 어려서부터 태권도를 수련하였고, 또 한동안 아이들을 가르치기도 했었다.

그러니 운동을 한다는 것이 얼마나 힘들고 어려운지 잘 알고 있다.

특히나 피겨 스케이트는 대한민국에서 그리 인기 있는 동계 스포츠는 아니었다.

김은하 선수가 나타나기 전까지 한국인으로 피겨에서 세계 랭킹 10위권 내에 들어본 사람이 아무도 없었다.

그와 대조적으로 스피드 스케이트에서는 종종 세계적인 선수가 나오기도 했고, 또 메달권에 가까운 선수도 나타났기에 국민들의 관심은 피겨 보단 스피드 스케이트나, 메달밭이라 표현되는 쇼트트랙에 집중될 수밖에 없었다.

그런데 어느 날 갑자기 하늘에서 뚝 떨어진 것 마냥 동계 스포츠의 꽃인 피겨에서 유명한 피겨 여왕들을 제치고 불모지 한국에서 여왕이 탄생을 한 것이다.

그것도 겨우 각축을 벌이고 어렵게 금메달을 따는 것이 아닌, 양민을 학살하듯 압도적인 점수 차이로 우승을 하는 것은 물론이고, 여자선수로는 넘을 수 없다고까지 말하던 200점대를 넘어선 점수로 세계 기록까지 경신을 하였다.

그때부터였다. 수현이 김은하 선수를 응원하게 된 것은 말이다.

그런데 그녀의 이름을 걸고 STV에서 올림픽 기원을 담아 예능 프로그램을 한다는 이야기를 듣고, 또 섭외 대상으로 자신이 올랐다는 것에 수현은 두말하지 않고 승낙을 한 것이다.

"열심히 하겠습니다."

"하하! 그렇게 강조하지 않아도 된다."

이재명은 의욕이 넘치는 듯한 수현의 대답에 너털웃음을 지으며 이야기 하였다.

"그런데, 정보에는 네가 피겨 스케이트를 타야 하는데,

탈 줄은 아냐?"

이재명은 자신이 STV로부터 들은 정보가 있었기에 물어보았다.

STV에서 흘러나온 이야기로는 김은하 선수가 심사 의원이 되어 출연자들이 얼마나 피겨 스케이트를 잘하는지 심사를 한다는 것이다.

그 말은 출연자가 스케이트를 잘 타야 한다는 것을 전제로 촬영이 진행이 된다는 소리다.

그런데 출연자가 예상보다 스케이트를 잘 타지 못한다면 어떻게 되겠는가, 미끄러운 빙판에서 이리 구르고 저리 구르면서 굴욕 샷을 찍어댈 것이 아닌가. 그렇게 되면 그 동안 쌓아 놓은 이미지는 사상누각이 되어 무너지고 굴욕 샷만이 남게 될 것이다.

이재명이나 김재원 그리고 전창걸은 이게 걱정이 되어 한참을 의논하였다.

하지만 수현의 운동신경이 누구보다 뛰어난 것을 알고 있는 전창걸이 직접 본인에게 물어보자는 의견을 냈다.

그리고 회사로 불려온 수현에게 물어보는 것이다.

"타보진 않았지만 바로 배우겠습니다."

수현은 굳은 의지를 보이며 자신이 꼭 프로에 출연하겠으니 자신을 보내 달라는 의지를 담아 대답을 하였다.

그런 수현의 대답에 이재명은 고개를 끄덕였다.

"알았다. 그럼 내일부터라도 피겨 스케이트를 알려줄 코치를 알아볼 테니, 너도 준비를 하고 있어라!"

"알겠습니다."

이재명 사장의 말에 수현은 바로 대답을 했다.

그러면서 자신도 모르게 심장이 두근거렸다.

아시아의 여왕 최유진에 이어 수현은 대한민국, 아니 세계가 인정하는 여왕 '퀸 은하'를 직접 볼 수 있을 거란 생각에 흥분이 되었다.

Chapter 5

키스 & 크라이

일산 STV 제작센터.

STV 예능 제작국 회의실에 일단의 사람들이 모였다.

이들은 내년 설쯤에 방영할 기획 프로그램에 대한 아이디어 회의를 하는 중이다.

주중 예능은 달인 김정만을 메인으로 하는 '김정만의 정글 라이프'로 자리를 잡았지만, 주말 예능이나 일요일 예능은 문화TV나 KTV의 아성에 명함도 내놓지 못하는 형편이다.

그나마 코미디 프로인 '웃음을 찾아오는 사람들'이 시간대를 조정해 방영하여 KTV의 코미디 한마당과 함께 일요일 저녁 예능에서 선방을 하고 있었다.

그 때문에 STV예능국에서는 주말 예능을 꽉 잡고 있는 문화TV의 '인피니티 챌린지'에 버금가는 프로를 만들고 싶어 했다.

하지만 문화TV의 '인피니티 챌린지'에는 국민MC 유재성이 있었다.

유재성을 필두로 박거성과 정중앙, 정재동 등 유재성을 받쳐주는 멤버들이 똘똘 뭉쳐 말도 되지 않는 황당한 도전을 하면서 주말 예능에서만큼은 코미디 왕국이라 불리는 KTV의 예능국도 감히 영역을 침범할 수 없는 아성을 구축하고 있다.

그런 주말 예능에 STV는 어떻게든 자리를 비집고 들어가고 싶어 하였다.

무리라는 것을 알면서도 STV로써는 어쩔 수가 없다.

KTV나 문화TV에 비해 후발 주자인 STV로써는 국민들에게 자신들을 어필할 필요가 있기 때문이다.

그런데 마침 좋은 제안이 들어왔다.

문화관광부에서 평창 올림픽 유치를 위해 지원을 약속한 것이다.

동계 올림픽 유치하기 위해선 국민들에게 동계 스포츠에 대한 관심을 키워야 한다는 생각에 현재 국민들에게 가장 유명한 동계 스포츠 스타를 전면에 내세워 쇼 프로그램을 제작해 홍보를 한다는 계획이다.

이에 문화관광부에서 기획을 하고 대한체육회에서 지원을 하는 형태로 STV에 제안을 한 것이다.

STV에서는 이런 문화관광부의 제안이 나쁘지 않았다.

제작비의 일부 지원도 하고 감히 비용 때문에 섭외를 하기도 엄두가 나지 않는 피겨 퀸 김은하 선수를 출연시켜주겠다는 제안은 오히려 STV에서 두 손 모아 맞이할 일이다.

그런 처지에서 문화관광부와 대한체육회에서 먼저 제안을 하고 또 당사자인 김은하 선수도 바쁜 스케줄 속에서 동계 스포츠 발전이라는 명분에 적극 동참을 하겠다고 하는 입장이니 STV에서는 혹시나 제안이 다른 방송사에 넘어갈수도 있기에 발 빠르게 움직였다.

동계 스포츠 발전을 위한 콘텐츠이니 대스타 김은하 선수를 메인으로 하고 STV에서도 그 이름값에 맞게 출연진을 꾸려야 했다.

그래서 우선 STV에서 밀고 있는 달인 김정만에게 연락을 하였다.

그리고 김정만 외에도 그에 버금가는 명성을 가진 연예인을 이번 프로그램에 출연시키기 위해 기획사에 섭외 요청을 하였다.

"권 작가, 어떻게 됐어?"

권양호 CP는 이번 프로그램의 섭외를 맡은 권수현 작가에게 진행 상황을 물었다.

그런 권양호 CP의 질문에 권수현 작가는 얼른 출연에 긍정적인 대답을 한 이들에 대해 이야기 하였다.

"예, 우선 김정만 씨와 킹덤 엔터에서 정수현 씨에게선 출연 확답을 받았습니다."

"김정만은 그렇고, 정수현?"

권양호 CP는 정수현이라는 말에 '그게 누군데?' 하는 표정으로 권수현을 쳐다보았다.

"킹덤 엔터의 아이돌 그룹 로열 가드의 리더 수현입니다."

"아! 기사단장!"

권수현이 로열 가드의 리더라는 말을 하자 권양호 CP는 그제야 정수현이 누구인지 깨닫고 놀란 눈으로 권수현을 보았다.

권양호 CP는 생각지도 않은 대물이 프로그램에 참여를 하겠다는 말에 놀랐다.

비록 데뷔를 한 지는 몇 달 되지 않았지만, 로열 가드의 인기는 지금 정상을 찍은 상태다.

즉, 그 말은 그들을 찾는 곳이 많아 섭외가 어렵다는 이야기였다.

그런데 고정 프로도 아니고 특별 기획 프로그램인 이번 프로에 출연을 하겠다는 답변을 들었다니 기분이 고양되었다.

권양호 CP도 로열 가드의 인기를 알기에 혹시나 하는

생각에 킹덤 엔터에 섭외하라는 지시를 했었다.

물론 섭외가 어렵다는 것을 알지만 만약 섭외만 할 수만 있다면 그 인기에 편승해 프로그램을 성공시킬 수 있는 가능성이 높아지기 때문이다.

그런데 설마하고 했던 말이 실제로 이루어졌다는 이야기에 살짝 놀랐다.

아시아의 여왕 최유진의 후광을 받고 데뷔를 한 로열 가드, 멤버 하나하나 따져 봐도 모델 뺨칠 정도로 잘생긴 아이돌 그룹, 춤이면 춤, 노래면 노래 어느 것 하나 빠지지 않았다.

더욱이 로열 가드는 예능에서도 엄청난 활약을 하고 있었다.

뒤늦게 킹덤 엔터에 로열 가드의 예능 출연을 문의 했지만 STV는 큰 성과를 거두지는 못했다.

로열 가드의 가치를 미리 알아보지 못하고 섭외를 하지 못한 것에 아쉬운 마음에 입맛만 다셨었다.

STV도 몇몇 프로그램에 로열 가드를 출연시키기도 했다.

하지만 로열 가드를 섭외해 가장 큰 열매를 따먹은 곳은 처음 그들을 데뷔시킨 KTV였다.

가요 프로는 물론이고 데뷔시기에 맞춰 리더인 수현이 KTV의 간판 예능인 도전! 드림팀 시즌3에 출연한 것이 대박이었다.

킹덤 엔터에서 설마 신인 아이돌 그룹을 띄우기 위해 회사 간판스타인 최유진을 동원할 것이라고는 권양호도 예상하지 못했다.

겨우 신인 그룹 하나 띄우기 위해 월드 스타라 명명되는 톱스타의 출연은 배보다 배꼽이 더 큰 일이기 때문이다.

그러니 당연 팬들에게는 충격으로 다가왔고, 월드 스타 최유진이 피처링은 물론이고 쓰러져 가는 예능에 출연을 했다는 것만으로 로열 가드는 물론이고 도전! 드림팀도 덩달아 시청자들의 관심을 받았다.

이것만 봐도 킹덤 엔터는 확실히 능력이 있는 기획사가 맞았다.

한 번에 신인 아이돌 그룹을 스타 반열에 올리는 기획력을 가진 곳을 평가 절하할 수는 없지 않은가. 몇 년 삽질은 했지만 확실하게 스타를 만들어 낸 것을 보면 킹덤 엔터, 이재명 사장은 능력자였다.

잠시 킹덤 엔터와 수현에 관해 생각을 하던 권양호 CP는 다른 출연자에 관해 물었다.

"로열 가드의 수현 말고 또 누가 있지?"

"네, 마룬 엔터, 미르 엔터 그리고 JYM에서 긍정적인 반응을 보였습니다."

"그래? 그런데 이번 프로의 취지가 뭔지 알지?"

권양호는 대한민국 3대 기획사 중 하나인 JYM에서도 관심을 보였다는 말에 미소를 짓다 표정을 굳히고 물었다.

이번 프로그램은 평범한 예능이 아니다.

문화관광부의 오더를 받아 촬영하는 프로그램이다.

즉 정부의 정책과 함께 한다는 말이다.

그러니 정부의 의도를 알고 그에 맞게 프로그램을 짜야
했다.

유명 아이돌을 섭외 하는 것도 중요하지만 문화관광부가
원하는 국민이 동계 스포츠에 관심을 가지게 하는 것 그리
고 평창 동계 올림픽 유치에 도움이 되는 방향의 프로그램
이 되어야 한다는 소리다.

"물론이죠. 그래서 우선 출연자의 연령층도 다양하게 하
여 기획사에 문의를 한 상태입니다."

"그래? 김정만과 정수현 외에 또 누구를 섭외 명단에 넣
은 것인가?"

권수현 작가가 연령층도 고려를 했다는 말에 더욱 관심을
기울이며 물었다.

그리고 그건 권양호 CP만이 아니라 다른 PD들도 마찬
가지였다.

누가 메인 PD가 될지 모르는 상태이니 이야기를 들어두
어 나쁠 것이 없었다.

특히나 정부의 후원을 받아 촬영을 하는 프로그램이다.

더욱이 대한민국 온 국민이 사랑하는 스포츠 스타 1순위
의 퀸 은하의 이름을 걸고 하는 프로그램이고 또 무섭게 상

승중인 코미디 스타 김정만이 출연을 하고, 그에 더해 최고의 아이돌 그룹 로열 가드의 리더이며 팬들에게 기사단장이란 닉네임까지 얻은 수현이 출연 확정을 지었다.

이정도만 해도 PD들이 생각하기에 못해도 중박은 가능해 보였다.

그러니 관심을 가지지 않을 이유가 없는 것이다.

"솔로 가수 EU, 서담비, 소녀천국의 수정 그리고 배우 쪽에서는 비밀의 정원에서 주인공 어머니 역할로 유명세를 얻은 방중금 씨와 서진석 그리고 아역 스타 진주희와 조율 중이고, 또 대한체육회에서 빙상스타 이주혁 선수를 이번 프로그램에 출연시키려고 하고 있습니다."

"그런데 출연자가 너무 많은 것이 아닌가?"

이야기를 듣던 PD 중 한 명이 의문을 표했다.

그도 그럴 것이 열 명이나 되는 출연자가 하나의 프로그램에 나온다면 프로그램이 늘어질 수 있기 때문이다.

프로그램이 늘어진다는 것은 자칫 시청자에게 지루함을 줄 수 있었다.

이는 예능 프로에서 지양해야 할 일이다.

"예, 출연자가 좀 많은 감이 있기는 하지만 전에 회의 때, 이번 프로그램을 피겨 스케이트 대회 방식으로 촬영을 하기로 하지 않으셨습니까?"

권수현 작가는 PD의 질문에 이전 회의에서 결정 되었던 촬영 방식에 관한 이야기를 하였다.

그래서 그런지 질문의 했던 PD는 물론이고 권양호 CP도 그녀의 말에 다른 반론을 제기하진 않았다.

"매회 가장 성적이 저조한 팀을 탈락시킨다고 했으니 이 정도 인원은 있어야 프로그램을 꾸려갈 수 있을 것이라 생각됩니다."

평소에는 말도 제대로 하지 않던 권수현은 오늘 만큼은 평소와 다르게 강력한 어조로 자신의 주장을 하였다.

그런 그녀의 모습에 권양호 CP도 다른 PD들도 더 이상 어떤 말도 하지 않았다.

"좋아! 그럼 그렇게 정하고 빠른 시간에 확답을 받아!"

"알겠습니다."

CP인 권양호의 최종 결정이 떨어지자 권수현은 굳은 표정으로 대답을 했다.

조금 전 질문을 한 PD에게 한 말 때문에 아직도 심장이 두근거리고 있었지만 억지로 참고 대답을 한 것이다.

한편 출연자가 너무 많다는 의견을 냈던 PD는 조용히 대답을 하고 앉는 권수현 작가를 지긋이 쳐다보았다.

평소 보이지 않던 그녀가 자신의 주관을 다른 사람에게 이렇게 뚜렷하게 주장하는 모습은 처음 보았기 때문이다.

＊   ＊   ＊

좌악! 쓱! 쓱!

짝! 짝! 짝!

"좋아! 중심 흩트리지 말고!"

커다란 빙판 위에 한 남자가 스케이트를 타고 있었다.

그리고 그 옆에선 한 남자가 조금 떨어져 박수를 치며 지시를 내리고 있다.

"너무 무리하지 말고, 아직 기초를 다질 때지, 욕심을 부릴 때야!"

스케이트를 타는 남자를 지켜보던 사내는 갑자기 고함을 질렀다.

그도 그럴 것이 자신에게서 스케이트를 강습을 받고 있는 남자가 욕심을 부려 무리한 동작을 하다 넘어졌기 때문이다.

"죄송합니다. 될 것 같았는데……."

코치의 호통에 수현은 얼른 사과를 하였다.

방금 전 수현은 빙판을 미끄러지며 한쪽 날로 중심을 잡는 스파이럴 동작을 하고 있었다.

한 발로 어느 정도 중심을 잡게 되자 욕심이 생긴 수현은 평소 하던 것 보다 조금 더 공중에 뜬 발을 들어 올리다 그만 중심이 무너져 넘어진 것이다.

한 마디로 아직 걷지도 못하면서 뛰려다 넘어진 격이다.

그러니 당연히 수현을 가르치던 코치는 그런 수현에게 호통을 친 것이었다.

실력을 쌓는 데에는 왕도가 없었다.

꾸준히 연습을 하여 실력을 쌓는 것뿐이다.

물론 수현에게는 시스템이라는 편법이 있었지만 수현은 이번만큼은 편법을 쓰지 않기로 했다.

이는 수현이 10여 년간 태권도를 했던 경험이 있기에 괜히 시스템을 이용해 피겨 스케이트를 하게 되는 것이 프로그램을 함께하게 되는 다른 출연자들은 물론이고, 김은하 선수에게도 죄를 짓는 것 같았기 때문이다.

더군다나 태권도 레벨이 마스터 레벨이 되면서 수현은 또 다른 특전이 있다는 것을 깨달았다.

그것은 신체 컨트롤이 향상되어 어떤 동작을 하던 자연스럽게 할 수 있게 되었다.

그러니 굳이 아까운 포인트를 사용해 재능을 살 필요성을 느끼지 못했고, 조금 고생은 되겠지만 코치의 가르침을 받고 연습을 하면 금방 배울 수 있겠다는 생각에 오늘도 늦은 시각까지 코치에게서 가르침을 받고 있다.

실제로도 수현의 피겨 스케이트 실력은 일취월장하고 있었다.

하루가 다르게 실력이 늘고 있는 중이다.

이는 신체 컨트롤이 능숙하다보니 코치가 가르쳐주는 동작들을 쉽게 이해하고 숙달하였기 때문이다.

다만 빙판이라는 것이 아직은 익숙하지 않아 조금 욕심을 부리면 방금 전처럼 중심을 잡지 못하고 넘어지는 것이었다.

"오늘은 늦었으니 여기가지만 하겠습니다. 다음에 다시 보죠."

코치는 그렇게 이야기를 하고 자리를 떠났다.

일주일에 세 번 두 시간씩 가르침을 받고 있었다.

수현은 처음 이재명 사장에게서 이야기를 들었을 때, 매일 훈련을 하고 싶었다.

하지만 휴식기라도 간간히 스케줄이 있기에 나가야 했고, 또 컴백을 위해서 연습을 해야 했다.

그리고 결정적으로 스케이트를 가르쳐 줄 코치 또한 비전문가인 수현에게 모든 시간을 맞출 수는 없었다.

수현이야 프로그램을 위해 한시적으로 배우는 것이고 가르치는 코치는 그것이 자신의 직업이고 생계가 달린 일이지 않은가. 즉, 임시 아르바이트를 하는 것이니 본업을 놔두고 수현에게 올인을 할 수 없다는 소리다.

그래서 어쩔 수 없이 일주일에 3회, 두 시간씩 배우는 것으로 계약을 할 수밖에 없었다.

그럼에도 원체 운동신경이 남들보다 뛰어나다보니 수현의 실력은 하루가 다르게 늘고 있었다.

물론 오늘처럼 기술을 하다 실패를 할 때면 가끔 포인트를 쓰고 싶은 유혹이 일기도 했다.

하지만 수현은 자신의 신체를 믿었다.

지금은 아니지만 조금만 더 노력을 하면 오늘 실패한 기술을 성공시킬 수 있다고 말이다.

사실 오늘도 실패한 스파이럴 기술도 5m정도 성공을 했다.

그에 고무되어 자신도 모르게 욕심을 부리다 넘어진 것이다.

만약 욕심을 부리지 않았다면, 비록 기술적으로 점수는 낮겠지만 초보자 수준에서는 대성공을 할 정도로 완벽한 스파이럴을 선보일 수 있었다.

즉. 성공에 고무되어 무리를 하는 바람에 기술을 실패한 것이라 할 수 있었다.

코치는 바로 그 부분 때문에 화를 낸 것이었다.

"뭐하고 있어! 끝났으면 어서 나와야지!"

언제 도착을 했는지 매니저인 전창걸이 링크 밖에서 수현을 부르고 있었다.

그는 수현의 코치가 밖으로 나오는 것을 보고 기다리다가 좀처럼 수현이 나오지 않자 아이스 링크로 찾아온 것이다.

"네, 나가요."

수현은 코치가 나가고 난 뒤 조금 전에 실패를 했던 스파이럴을 조금 더 연습을 하다 매니저 전창걸의 목소리를 듣고 대답을 했다.

스윽! 스윽!

"오! 많이 늘었는데!"

수현이 자신에게 다가오는 모습을 보며 전창걸은 수현을 칭찬했다.

"이 정도야 형도 조금만 타면 할 수 있어요."

정말로 수현은 별거 아니라는 말로 전창걸의 말을 받았다.

하지만 수현은 현재 자신의 실력을 과소평가하고 있었다.

아무리 개인 코치를 두고 교습을 받는다 해도 2주가 되지 않은 때에 이정도 실력을 가진다는 것은 일반인으로써는 엄두를 내지 못할 일이다.

미끄러운 빙판 위에서 한 발로 중심을 잡고 미끄러지는 스파이럴이나, 공중으로 점프를 하는 것 등은 어느 정도 스케이트가 익숙한 사람이 아니면 사실 겁이 나서 시도조차 하지 못한다.

그렇지만 수현은 짧은 기간에 발의 높이는 낮지만 스파이럴을 성공했고, 또 1회전이기는 하지만 점프도 성공을 했다.

그러니 자신의 실력에 자부심을 가져도 된다고 생각하는 전창걸이지만, 혹시나 수현이 그런 자신의 칭찬에 나태해질까봐 전창걸은 더 이상 말을 하지 않고 수현에게서 스케이트를 건네받으며 주차장으로 걸었다.

*　　　　*　　　　*

〔캐릭터 정보〕

이름: 정수현

직업: 만능 엔터테이너

레벨: 50

경험치: 98%

특기: 태권도(M), 외국어(영어, 불어, 중국어, 일본어, 태국어, 말레이시아어)

힘: 41

지능: 51

정신: 52

민첩: 46

체력: 58

카리스마: 32

매력: 40

보너스 스탯: 0

보너스 포인트: 15

오랜만에 상태창을 확인하는데, 레벨 업은 하지 못했지만, 아이돌 그룹으로 데뷔를 하고 정신없이 활동을 하는 동안 경험치는 많이 올라 조금만 더 경험치를 올리면 레벨 업을 할 수 있을 정도가 되었다.

그런데 특이하게도 레벨 업을 하거나 보너스 스탯을 사용하지도 않았는데 특수 스탯인 카리스마와 매력이 이전에 보았을 때보다 올랐다.

아마도 두 스탯은 레벨 업으로 얻어지는 보너스 스탯만으로 올리는 것이 아니라 기본 스탯처럼 그와 관련된 활동을 하면 오르는 것 같았다.

그리고 자세히 살펴보니 정신 스탯과 체력 스탯도 약간 오른 것 같았다.

'나쁘지 않네!'

수현은 자신의 상태창을 확인하고 만족스러운 미소를 지었다.

상태창을 확인한 수현은 이번에는 자신이 보유한 재능을 확인해 보았다.

〔스킬 정보〕

태권도(마스터)─ 태권도의 이론 및 실기를 모두 마스터하였습니다.

→ 스킬 마스터 특전으로 관련 항목에 대한 보정 보너스가 주어집니다.

영어(상급 2Lv)— 원어민과 같은 언어 능력뿐만 아니라 전문적인 단어와 비속어도 구사할 수 있습니다.

불어(상급 1Lv)— 원어민과 같은 언어 능력뿐만 아니라 전문적인 단어와 비속어도 구사할 수 있습니다.

중국어…….

일본어…….

태국어…….

말레이시아어…….

→ 중급 이상으로 숙달된 언어의 재능이 다섯 개 이상입니다. 타이틀 '언어의 마술사'가 주어집니다.

(언어의 마술사— 새로운 언어를 배울 때 +1Lv)

타이핑(중급 2Lv)— 타이핑 아르바이트를 해도 될 정도.

보컬(중급 3Lv)— 노래로 자신의 감정을 대상에게 전달할 수 있습니다.

댄스(중급 4Lv)— 춤에 대한 이해력이 상당하고 이를 표현할 수 있습니다.(연관 재능의 마스터 레벨 보정으로 +1Lv)

연기(중급 2Lv)— 말 속에 감정을 담아 표현을 할 수 있습니다.

공감각(중급 Lv1)(97%)

보유한 재능을 살펴 던 중 수현은 생각지도 못한 것들을 발견했다.

그것은 바로 '언어의 마술사'라는 타이틀이 새로 생겨난 것과 중급 레벨로 맞춰 두었던 보컬과 댄스 재능 중 댄스의 재능이 레벨이 1 높은 것이었다.

스탯도 그러더니 재능 또한 따로 독립된 것이 아니라 서로가 비슷한 것 끼리 동조 현상을 일으키는 것에 놀랐다.

수현은 스킬 창을 확인하고는 다시 한 번 자신이 얻게 된 시스템에 대한 경이감을 느꼈다.

지능 스탯으로 언어를 익히는 것에 자신감이 생겼던 수현은 아이돌 가수 활동을 하면서 외국의 팬들과 조금 더 가깝게 소통을 하기 위해 그들의 언어를 익혔다.

이전 외국어로 영어와 불어 그리고 중국어 정도만 익혔던 것도, 동남아 공연을 한다는 계획을 듣고 동남아 국가들의 언어를 익혔었다.

이때 빠르게 새로운 외국어를 익히는 것이 그저 높아진 지능 스탯 때문이라고만 생각했었는데, 지금 살펴보니 그게 아니었다.

물론 높은 지능 스탯의 영향도 있겠지만, 그보단 중급 이상의 외국어가 5개 국어가 넘어가면서 익히는 속도가 더 빨라졌음을 이제야 깨달았다.

사실 수현이 외국어를 습득하는 수준은 보통의 언어학에 천재적 능력을 가진 이들도 상상하기 힘든 정도다.

일부 천재들 중에서는 일주일 만에 새로운 외국어를 익혔다는 사람도 있긴 하지만, 그것은 어디까지나 간단한 회화 정도이지 수현처럼 현지인과 아무런 장애 없이 대화를 하는 것은 아니다.

언어라는 것이 단순히 단어의 열거가 아니기 때문이다.

그 나라 민족의 생활과 역사 등을 알아야만 오역 없는 대화가 가능한 것이고, 수현은 이런 것을 언어의 마술사라는 시스템의 보정을 받아 단숨에 익히는 것이다.

이렇게 오랜 만에 시간이 나자 상태창을 살피던 수현은 또다시 새로운 사실들을 알게 되면서 사고력이 한 단계 더 깊어졌다.

*　　　*　　　*

"뭐하냐?"

수현이 한참 상태 창을 살피고 있을 때, 누군가 자신을 부르는 소리가 들었다.

"네? 아, 그냥 생각 좀 하고 있었어요."

"생각은 무슨, 젊은 놈이 무슨 멍을 그리 심하게 때리고 있어."

전창걸은 수현의 대답을 듣고 짧은 타박을 하였다.

"시간 없다. 어서 가자."

"실장님, 수현이 형 또 스케줄 가요?"

유호는 막 연습을 끝내고 연습실 바닥에 누워 있다 매니저인 전창걸이 나타나 수현을 데려가려고 하자 물었다.

"그래, 오늘 STV의 토요일 좋다 촬영이 있다."

"아!"

윤호는 전창걸의 대답에 수현이 나가는 스케줄이 무엇인지 깨달았다.

"그거 저도 가도 되요?"

"네가 가서 뭐하게? 그냥 연습이나 더 하고 있어!"

전창걸은 윤호가 연습을 빼먹고 수현을 따라가려하자 원천 차단을 하였다.

"연습은 많이 했어요. 요즘 저희 하루 여덟 시간씩 연습하고 있다고요."

"맞아요."

윤호가 전창걸에게 자신들이 열심히 연습을 하고 있다는 것을 어필하자 그 옆에서 성민이 맞장구를 치며 치고 나왔다.

성민이 윤호의 말에 맞장구를 친 것은 내년 초 컴백을 준비하는 것이 너무 힘들어 조금이나마 쉬고 싶다는 윤호의 생각과 맞았기 때문이다.

"실장님! 그냥 오늘 연습은 여기까지 하고 애들에게 휴식 시간을 주면 어떻겠습니까?"

수현은 윤호와 성민이 무엇 때문에 자신을 따라가려고 하는 것인지 잘 알고 있었다.

사실 자신은 종종 스케줄 소화를 하면서 기분전환을 하고 있지만, 다른 멤버들은 휴식기간에 들어서면서 휴식을 취하는 것이 아니라 매일 회사로 나와 다음 앨범 준비로 데뷔 전보다 더 열심히 연습을 하고 있다.

데뷔 전이라면 데뷔를 앞두었다는 말로 일탈을 하려는 것을 차단하겠지만, 이젠 그럴 수도 없었다.

어느 정도 풀어주면서 완급 조절을 해줘야 엇나가지 않을 것이란 것이 수현의 생각이다.

"수현이가 그렇다고 한다면… 그래, 수현이 가는 스케줄에 함께 갈 사람은 나를 따라오고, 쉴 사람은 오늘은 연습 그만하고 쉬어라!"

"야호!"

전창걸의 말이 떨어지기 무섭게 윤호와 성민은 크게 환호성을 질렀다.

"그렇다고 사고치지 말고!"

"알겠습니다."

"수현이는 어서 가자!"

"네! 그럼 너희는 그만 정리하고 들어가라!"

"형님! 다녀오십시오."

수현의 말이 끝나기 무섭게 윤호는 얼른 대답을 하였다.

"뭐? 나 따라간다며?"

윤호의 대답이 황당한 수현이 윤호를 돌아보며 물었다.

"하하, 형님이야 어차피 잘 하실 것 아닙니까? 그런데 여기 성민이는 제가 옆에 없으면 누구랑 어울리겠어요. 제가 놀아줘야죠."

"헐!"

수현은 윤호의 대답에 어처구니가 없었다.

자신을 따라가겠다고 한 말은 모두 연습이 하기 싫어 핑계를 댄 것뿐이었다.

그런데 실장인 전창걸이 오늘 연습은 여기까지라고 하자 바로 안면을 바꾼 것이다.

"어휴! 뺀질이! 알았다. 난 스케줄 간다."

"네, 형님 잘하고 오세요."

"오냐!"

수현은 그렇게 뒤에서 잔망스러운 응원을 하는 윤호의 응원을 들으며 연습실을 나섰다.

*　　　*　　　*

드르륵! 텅!

"윤호는?"

차에 혼자 오르는 수현의 모습에 전창걸은 눈을 깜빡이며 물었다.

"개인적인 볼일이 있다고 해서 그러라고 했어요."

수현은 전창걸의 질문에 빙그레 미소를 지으며 대답을 하였다.

"어휴, 그 뺀질이! 내 이놈을……."

전창걸은 자신이 윤호에게 속았다는 것을 깨닫고 윤호를 잡으러 차에서 내리려 하였다.

그런 전창걸을 붙잡은 것은 수현이었다.

"그냥 두세요. 열심히 했으니 그런 정도는 넘어가죠."

"그래, 알았다."

로열 가드의 리더인 수현이 그냥 넘어가자는 말을 하자 전창걸도 더 이상 문제삼지 않고 넘어가기로 하였다.

수현이 로열 가드의 리더인 것도 있고 또 요즘 가장 핫한 아이돌 스타인 것도 있지만, 전창걸이 이렇게 쉽게 수현의 의견을 들어주는 이유는 그가 지금까지 로열 가드라는 아이돌 그룹을 담당하면서 지켜본 결과 수현이 리더로서 다른 멤버들이 엇나가지 않게 잘 관리를 하고 있기 때문이다.

원래 매니저인 자신이 해야 하는 부분인데, 수현은 리더라는 자리에 있으면서 매니저인 그를 많이 도와주고 있었다.

그 때문에 자신이 해야 하는 일이 많이 줄어들어 다른 연예인을 담당하는 매니저들보다 편하게 매니저 활동을 하고 있다.

그러니 전창걸도 웬만하면 수현이 하는 부탁은 들어주려는 편이다.

부우웅!

수현이 자리에 앉아 안전벨트를 매는 것을 확인한 전창걸은 차를 출발하였다.

원래라면 운전을 담당하는 매니저가 따로 있지만, 오늘은 수현 개인의 스케줄만 하는 것이기에 다른 매니저는 회사에 남겨 두고 직접 차를 운전해 스케줄을 가는 것이다.

*   *   *

웅성! 웅성!

목동 아이스링크, STV에서 제작하는 토요일 예능 프로의 한 코너를 새로 제작하는 것을 대중에게 알리는 제작 발표회가 열리는 곳이다.

아직 시간이 이른데도 많은 관객들이 아이스링크에 가득 찼다.

그도 그럴 것이 오늘 제작 발표를 하는 예능의 진행을 맡은 사람이 다름 아닌 대한민국 최고의 스포츠 스타 김은하 선수였기 때문이다.

퀸 중의 퀸, 전 세계 여성 피겨1위, 세계 선수권대회는 물론이고 올림픽에서도 금메달을 획득하면서 온 국민을 흥

스타라이트

분의 도가니로 빠뜨린 장본인이다.

예능에서는 잘 보지 못하고, 광고나 스포츠 단신에서만 볼 수 있었던 그녀가 최초로 자신의 이름을 걸고 STV와 함께 손을 잡고 평창 동계 올림픽 유치를 위해 예능 프로그램을 제작한다는 소식에 그녀의 많은 팬들이 이곳 목동 아이스링크를 찾은 것이다.

와아!

번쩍! 번쩍!

갑자기 팬들의 환호성이 실내를 가득 매우고 여기저기서 카메라 불빛이 번쩍였다.

그렇다. 모두가 기다리던 퀸 은하 김은하 선수가 아이스링크에 나타난 것이다.

새하얀 스케이트를 신고, 착 달라붙는 검정색 타이츠와 새하얀 패딩을 걸친 그녀가 마이크를 들고 아이스링크 한가운데 나타났다.

그러자 그녀를 기다리던 팬들이 환호성을 질렀다.

"하하하, 감사합니다."

김은하 선수는 자신을 보며 환호를 하는 팬들에게 환하게 웃으며 감사 인사를 하였다.

그리고 한 손에 들고 있는 큐 카드를 들어 읽기 시작했다.

"그들만의 잔치가 아닌 온 국민에게 겨울 스포츠인 피겨 스케이트를 알리기 위해 저 김은하와 STV가 손을 잡아 여러분들이 보다 피겨 스케이트를 가깝게 느낄 수 있는 무대를 마련하려고 합니다."

흥분되는 가슴을 진정시키며 김은하는 조심스럽게 큐 카드에 적힌 내용을 최대한 자연스럽게 관람석에 앉아 있는 팬들에게 들려주었다.

그럴 때마다 팬들은 그녀에게 박수와 환호로 대답을 했다.

그것에 힘입어 김은하는 떨리는 마음으로 한 명, 한 명 자신이 진행하는 아이스 쇼, 키스&크라이의 출연자를 호명했다.

"이분하면 생각나는 단어는 하나 밖에 없죠? 달인, 김정만 씨입니다."

와아! 와아!

김은하 선수의 호명에 무대 뒤에서 작은 키의 달인 김정만이 짧은 발을 젖히며 나타났다.

그에 팬들은 호명 했을 때보다 더 크게 환호성을 질렀다.

그 환호성은 김은하 선수 못지않게 컸다.

그것만 봐도 김정만이 얼마나 팬들에게 사랑을 받고 있는지 알 수 있었다.

"국민 여동생 EU 씨입니다."

와와!

호명이 되자 커다란 환호성이 다시 한 번 터졌다.

하지만 이번 환호성은 조금 전 김정만이 듣던 것과는 조금 차이가 있었는데, 그것은 바로 여성 관객의 환호성보다 남성 관객의 환호성이 주를 이룬다는 것이다.

아무래도 어린 여자 가수여서 그런지 여자 보단 남자 팬들의 숫자가 많은 듯하였다.

"소녀천국의 수정 씨입니다."

첫 주자인 김정만 외에는 별다른 수식어가 없이 빠르게 출연자들이 호명이 되었다.

"방중금 씨입니다."

와아!

김은하 선수가 호명을 할 때마다 팬들은 자신이 아는 사람이든, 아니면 모르는 사람이든 환호를 해주었다.

그에 힘입어 출연자들은 밝게 미소를 지으며 김은하 선수의 옆자리에 섰다.

아홉 명의 출연자들이 호명이 되고, 마지막으로 수현의 이름이 호명이 되었다.

그런데 달인 김정만을 호명 할 때 외에는 앞에 수식어를 붙이지 않던 김은하가 수현의 차례가 되자 이례적으로 수식어를 붙여 불렀다.

"어머! 이분이 제 프로에 출연을 하시다니 영광이네요."

갑작스러운 김은하의 말에 환호를 하던 관객들이 일제히 의아한 표정을 하였다.

그 때문에 장내에는 한 순간 소음이 사라지며 김은하 선수의 다음 말을 기다리는지 조용해졌다.

"최근 여성분들 사이에서 최고의 신랑감으로 뽑히며 결혼 상대 1위로 등극하신 분입니다. 로열 가드의 리더, 기사단장이라는 닉네임을 가지고 있는 가수 수현 씨입니다."

와아! 와아!

조금 전과는 비교가 되지 않을 정도로 커다란 함성이 들렸다.

얼마 전 로열 가드의 활동이 끝나 휴식기에 들었다는 연예가 뉴스를 들었는데, 다시 수현을 보게 되자 환호를 하는 것이다.

남자 팬들은 물론이고 남녀노소 가리지 않고 커다란 함성을 질렀는데, 이는 처음 김은하 선수가 나왔을 때 그 이상이었다.

그래서일까? 김은하 선수는 수현이 자신의 옆으로 다가오자 마이크를 들고 한마디 하였다.

"어머! 이거 저보다 더 인기 있는 것 같은데요. 질투가 나네요."

누구에게 하는 말인지, 언뜻 들으면 팬들에게 하는 말 같기도 하고, 또 어떻게 들으며 자신의 옆으로 다가오는 수현에게 하는 말 같기도 했다.

"하하하, 안녕하세요. 로열 가드의 리더 수현입니다."

와아!

수현의 인사가 있자 다시 한 번 팬들은 크게 환호를 하였다.

수현은 팬들에게 인사를 하고, 이번에는 자신을 호명한 김은하 선수를 보며 마치 중세 기사가 공주나 여왕에게 인사를 하듯 한쪽 무릎을 꿇으며 한 손으로는 김은하 선수의 손을 잡아 손등에 키스를 하였다.

아아!

"어머!"

갑작스러운 수현의 행동에 김은하 선수는 물론이고 이를 지켜보던 관객들 그리고 링크장 가운데 모인 키스&크라이 출연자들 모두 놀란 표정으로 이를 지켜보았다.

하지만 수현의 행동에 한쪽에서는 미소를 지으며 어퍼컷을 하는 이가 있었다.

그는 바로 이번 키스&크라이를 촬영하는 PD였다.

생각지도 못했던 수현의 갑작스런 손등 키스에 김은하는 무척이나 당황했다.

하지만 이런 수현의 퍼포먼스에 뒤늦게 관객들은 환호를 하였다.

김은하 선수 또한 수현의 돌발 행동이 그리 기분 나쁜 것은 아니었기에 살짝 심장이 두근거리며 볼이 빨갛게 상기되었다.

그도 그럴 것이 수현은 누가 봐도 잘생긴 미남이었다.

더욱이 키도 훤칠하니 컸으며, 전문 포토그래퍼가 인정하는 모델이기도 했다.

거기에 현재 대한민국에서 가장 핫한 아이돌 그룹의 리더이기도 했으니, 20대 초반인 그녀가 흔들리는 것도 당연하였다.

"여왕님을 뵙게 되어 영광입니다."

자신의 돌발 행동에 당황하는 김은하를 보면서 수현은 뻔뻔한 표정으로 마치 영화 속 한 장면처럼 멘트를 날렸다.

그런 수현의 모습에 주변에 있던 사람들은 다시 한 번 깜짝 놀랐다.

한편 수현의 멘트는 김은하 선수가 들고 있던 마이크를 타고 관객석 스피커를 통해 전파되었고, 이를 듣게 된 관객들은 자신도 모르게 고개를 끄덕이며 계속해서 환호와 박수를 쳤다.

한편 아이스링크 한쪽에 마련된 자리에 모니터로 이를 확인하고 있던 PD는 수현이 출연을 하면서 계속해서 그림이 나오자 속으로 확신을 하였다.

'이번 프로그램은 대박이다.'

속으로 자신이 맡은 이번 '김은하의 키스&크라이'라는 프로그램이 제작 발표부터 이렇게 대박을 치자 속으로 대박을 연호하며 감격을 하였다.

그도 그럴 것이 그는 지금까지 제대로 된 중박 프로그램도 제작하지 못했다.

그동안 사내 정치로 인해 제대로 된 세력 안에 들어가지 못한 그는 매번 뒷물을 맞아야 했다.

그게 무슨 소린가 하면, 잘 되는 프로그램은 광고 수익 때문에 방송국에서는 처음 기획 의도와 다르게 연장을 하는 경우가 대부분이다.

하지만 프로그램이라는 것이 원래 기획과 다르게 연장을 하게 되면, 늘어난 편수만큼 루스해진다.

이때 지각 있는 PD라면 자신이 기획한 프로그램이 연장 결정이 될 때 반대를 한다.

그것이 여의치 않으면 책임지고 마무리를 해야 하는데, STV의 예능국의 PD들은 그렇게 하지 않았다.

단 열매는 자신이 따먹고 인기가 떨어질 것 같은 분위기가 나오면 세력이 약한 파벌의 PD나 아니면 이도저도 아닌 힘없는 PD들에게 프로그램을 떠넘겼다.

이번 '김은하의 키스&크라이'를 담당하게 된 PD도 그렇게 다른 PD들이 열매만 따먹고 남은 잔반을 뒤처리하던 인물이었다.

그나마 이번에는 제대로 된 프로그램을 맡게 된 것이다.

솔직히 이번 프로그램도 이렇게까지 국민의 관심을 받을 줄은 예상하지 못했다.

사실 이번 프로그램은 흥행 요소가 큰 프로그램이기는 했지만, 함정 요소도 꽤 컸다.

그게 무슨 소린가 하면, '김은하의 키스&크라이'가 STV 단독으로 기획한 예능 프로가 아니라는 것이다.

정부 부처인 문화관광부의 주도하에 대한체육회의 지원을 받아 제작하는 프로이다 보니 문화관광부나 대한체육회의 간섭을 받지 않을 수가 없다.

그러니 담당 PD라고 해서 마음대로 프로그램을 이끌어 갈 수는 없다는 소리다.

그런데 이렇게 시작도 하기 전에 여론몰이를 확실히 하고 간다면 자신이 아무리 못 찍어도 중박은 가능할 것 같았다.

퀸 김은하에 달인 김정만, 거기에 핫한 아이돌들이 대거 출연을 하고, 방금도 짧게나마 퀸과 기사단장의 러브라인이 만들어지는 듯 보였다.

더욱이 이를 지켜보던 관객들이 이 둘이 보여주는 그림을 그리 싫어하지 않는다는 것이다.

이를 지켜보는 PD 입장에선 이야기꺼리가 될 소재를 놓칠 이유가 없었다.

막말로 없어도 만들어야 할 판인데, 시작부터 그런 미끼나 등장을 했으니 이보다 좋은 것이 없을 정도다.

그리고 담당PD가 이런 일 때문에 기분이 좋아졌고, 덩달아 이를 촬영하는 스태프들 또한 분위기가 좋자 절로 힘이 났다.

Chapter 6

키스 & 크라이 II

빠밤! 빰!

긴박함을 고조시키는 음악이 울렸다.

링크 가운데 화려한 복장을 한 김은하 선수가 강렬한 눈빛으로 무언가를 갈구하듯 시선을 고정시켰다.

그리고 박자에 맞춰 고정된 포즈를 풀고 율동을 하기 시작했다.

빰! 빰! 빠밤빠밤!

짝짝짝!

그런 김은하 선수의 동작에 맞춰 이를 지켜보는 객석의 관객들이 박수를 쳤다.

스윽! 스윽!

김은하가 빙판 위를 짓치며 미끄러져갔다.

그러다 한 마리 백조가 되어 공중으로 점프를 하였다.

휘익!

휘르륵!

점프와 함께 김은하 선수는 회전을 하였다.

촤아! 휙! 휙! 휙!

3회전 점프인 트리플 러츠 점프를 하고 착지를 한 다음 바로 연결을 해서 다시 3회전 트리플 토루프 점프를 하였다.

이는 기본 점수만 해도 10.10의 아주 난이도 높은 기술이었다.

하지만 김은하 선수는 퀸이란 닉네임에 걸맞게 어려운 트리플 러츠—트리플 토루프 콤비네이션 점프를 안정적으로 성공을 하였다.

와아! 와아!

짝! 짝! 짝!

그녀가 첫 점프인 트리플 러츠—트리플 토루프 콤비네이션을 무사히 마치자 이를 지켜보던 관객들은 일제히 박수와 환호를 보냈다.

그런데 어려운 콤비네이션 점프를 하였음에도 그녀는 마치 난이도가 낮은 점프를 한 것처럼 평안한 표정으로 입가에는 미소를 머금고 있었다.

그런 모습이 카메라에 클로즈업 되어 대형 화면에 나오자 다시 한 번 객석에서 박수와 함성이 울려 퍼졌다.

와! 와!

휘익! 휘익!

객석 일부에서는 흥에 겨워 휘파람을 부는 팬들도 있었다.

스윽! 스윽!

트리플 러츠—트리플 토루프 콤비네이션을 성공하고 빙판 위를 활주하던 김은하 선수 그녀는 다시 한 번 2차 점프를 시도했다.

이번에는 트리플 플립 점프였다.

트리프 러츠 점프 보다는 난이도가 살짝 낮은 점프였지만 3회전 점프였기에 결코 쉬운 기술은 아니었다.

하지만 대회가 아닌 팬들 앞에서 하는 기술이라 그런지 김은하 선수는 긴장하지 않고 이 순간을 즐기듯 편안한 마음으로 점프를 성공시켰다.

"아!"

누구의 입에서 나온 소리인지 알 수는 없었지만 그 짧은 감탄성 안에 많은 느낌이 담겼다.

한편 링크 한 쪽에 마련된 '김은하의 키스&크라이' 출연자들은 김은하 선수가 세트장에 마련된 링크 위에서 연기를 하는 모습을 보면서 감탄을 하고 있었다.

"와! 대단하다는 말밖에 할 말이 없다."

"그러게 말입니다."

"어머! 저것 봐! 어쩜!"

화면 속에서 김은하 선수가 피겨 기술을 하나하나 성공을 할 때마다 출연자들은 한마디씩 하였다.

"아잉! 어떡해!"

그런데 감탄을 하는 출연자들 속에서 누군가 앙탈을 하는 듯한 소리가 들렸다.

"EU야! 왜?"

김정만은 화면을 보면서 앙탈을 부리는 EU를 보며 물었다.

그러자 EU는 심각한 표정으로 대답을 하였다.

"사실 전 스케이트 처음 타 봐요."

"응? 그런데 그게 왜?"

EU의 대답에 김정만은 의아한 표정을 지으며 되물었다.

그도 그럴 것이 자신도 '김은하의 키스&크라이' 섭외를 받고 처음으로 피겨 스케이트를 신어보았다.

"김은하 선수가 저렇게 잘 타는 줄은 알고 있었지만, 조금 뒤 저희가 스케이트를 타는 모습을 보여야 하는데, 너무 비교가 되잖아요."

김정만은 그제야 EU가 무엇 때문에 저런 표정을 짓고

있었는지 깨달을 수 있었다.

"그게 뭐! 당연한 거야! 김은하 선수는 지금의 위치에 오르기 위해 무한한 노력을 하면서 지금의 경지에 오른 선수야! 반대로 우리는 전문 스케이트 선수가 아니니 팬들도 이해를 해주지 않겠냐?"

"으음… 네!"

김정만은 김은하 선수의 화려한 기술을 구경하면서 낙담을 하는 EU를 달랬다.

"그래, 너무 풀죽지 말고 최선을 다하면 되는 거야."

수현도 옆에서 김정만을 도와 EU에게 조언을 해주었다.

"고마워요. 수현 오빠!"

EU는 자신을 위로해주는 수현에게 감사 인사를 하였다.

"야! 내가 먼저 위로를 해주었는데, 너무한 것 아니냐?"

EU가 수현에게 감사의 말을 할 때, 옆에서 김정만이 분위기를 바꾸기 위해 넋두리를 하였다.

그런 김정만의 말에 EU는 순간 어찌할 바를 몰라 얼굴이 붉어졌다.

"하하, 농담이야!"

당황하는 EU의 모습에 김정만은 웃으며 농담을 했다는 것을 알렸다.

그렇지만 EU는 김정만의 농담이란 말에도 쉽게 풀리지 않았다.

그도 그럴 것이 솔직히 조금 전 수현에게 감사의 말을 할 때 살짝 사심이 있었기 때문이다.

그리고 EU와 동갑내기 친구인 수정이 EU가 평소에도 로열 가드의 팬이라는 것을 그리고 그중에서도 리더인 수현을 좋아한다는 것을 알고 있어 더욱 그러하였다.

그런 EU의 모습을 수정은 의미심장한 표정으로 쳐다보았는데, EU만을 노려본 것이 아니라 그녀와 눈을 마주칠 때며 살짝 시선을 돌려 수현의 모습을 쳐다보았다.

그럴 때면 EU의 얼굴은 더욱 더 붉어졌다.

*　　　　*　　　　*

짝! 짝! 짝! 짝!

식스 밤! 식스 밤!

흥겨운 팝 음악이 흐르고 그에 맞춰 배우 서진석이 엉덩이를 흔들며 춤을 췄다.

다만 그 춤이 너무도 코믹하였는데, 그도 그럴 것이 맨바닥이 아닌 미끄러운 빙판 위에서 익숙하지 않은 피겨 스케이트를 신고 박자에 맞춰 춤을 추려니 미끄러지지 않기 위해 엉거주춤할 수밖에 없었다.

그런데 그 모습이 더욱 노래와 어우러지며 관객들을 흥겹게 만들고 있었다.

만약 이 프로그램이 예능 프로가 아닌 다른 시사나 보도 프로였다면 방송 사고였을 것이지만, 프로그램의 취지에 맞게 연기를 하는 서진석은 그렇지 않아도 피겨 퀸 김은하가 연예인들과 함께 파일럿 프로그램을 찍는다는 것만으로도 화제를 모았는데, 오늘 하루는 무명에 가까운 그의 이름을 검색에 순위에 올릴 수 있을 정도로 관객들의 호응을 불러일으키고 있다.

다만 아쉬운 것은 그의 피겨 실력은 그리 출중하지 못하다는 것이 옥의 티였다.

조금만 더 스케이트를 잘 탔다면 더 많은 호응을 불러일으켰을 것이지만, 아쉽게도 피겨 초보인 EU와 그리 차이가 없었다.

다만 EU보다 조금 나은 점이라면 남자이고 또 나이도 먹을 만큼 먹어서 그런지 조금 더 과감하게 스케이트를 탄다는 것이다.

호우!

착!

음악이 멈추고 서진석이 마지막 포즈를 취하자 관객석 안에서 뜨거운 호응과 박수가 터져 나왔다.

깨끗한 스케이팅이나 기술이 나온 것은 아니지만 조금 전 그가 보여준 퍼포먼스만으로도 관객들은 만족을 했기 때문이다.

"서진석 씨 잘 봤습니다. 배우여서 그런지 퀸 앞에서도 과감하게 바지를 벗어 던지는 모습이 아주 압권이었습니다. 다시 한 번 보시겠습니다."

MC인 신동영이 서진석이 연기 중간 갑자기 겉옷을 벗어 던지는 퍼포먼스를 선보이던 것을 상기시키며 화면을 가리켰다.

그러자 기다렸다는 듯 화면에 방금 신동영이 지적한 화면이 송출이 되었다.

와아!

"어머!"

서진석이 겉옷을 벗어 던지는 모습이 나오자 객석에서 다시 한 번 환호성이 들렸고, 심사평을 하기 위해 앉아 있던 김은하는 다시 한 번 충격적인 모습이 나오자 놀랐다.

실제로 자신의 앞에서 서진석이 옷을 벗을 때 깜짝 놀랐었다.

그런데 서진석이 옷 안에 솜을 잔뜩 집어넣은 과장된 근육을 표현한 옷을 덧입고 있던 것이 나왔다.

김은하는 그것이 처음에는 실제 몸인 줄 알고 깜짝 놀랐다가 나중에 그게 분장이었다는 것을 깨닫고 한참을 웃었다.

"정말이지 우리 여왕님도 깜짝 놀라고 또 객석에 있는 여성 팬들도 깜짝 놀라게 만든 서진석 씨였습니다. 그런데 그런 퍼포먼스를 한 것은 몸에 남다른 자신감이 있어서 그런 것입니까?"

신동영은 그의 트레이드마크와 같은 19금 농담을 날렸다.

와아! 와아!

이를 지켜보고 있던 객석에서 다시 한 번 환호가 들렸다.

"아닙니다. 그냥… 고등학교를 다닐 때 운동선수였는데, 사고를 당한 뒤 운동을 그만 두었습니다. 그래서 과거 아쉬웠던 기억이 떠올라 한 번 그것을 표현해 보았습니다."

서진석은 짓궂은 신동영의 물음에 숨을 헐떡이며 대답을 하였다.

그런 서진석의 대답에 이를 지켜보던 김은하는 물론이고 다른 심의원으로 나온 빙상 협회 이사나 김은하 선수의 안무 코치 브라이언도 고개를 끄덕였다.

그들은 학창시절 사고로 운동을 그만두었다는 말에 공감을 하였던 것이다.

"잘 들었습니다. 그럼 키스&크라이 점수 확인하겠습니다."

신동영은 빠른 진행을 위해 더 이상 신변잡기와 같은 질문을 하지 않고 본론으로 들어갔다.

빙상 협회 김은정 이사의 점수가 발표되고 연이어 김은하 선수 그리고 브라이언 코치와 특별 심사위원으로 초빙된 가

수 서장훈이 자신이 본 서진석의 연기 점수를 발표하였다.

그리고 서진석의 뒤를 이어 달인 김정만의 차례가 되어 링크 안의 조명이 꺼졌다.

*   *   *

'악의 무리가 창궐하고 세상이 혼란스러워졌다. 어지러운 세상을 구원하기 위해 우리의 영웅이 출연을 하였다.'

다라라랑! 태권 파이팅!

성우의 멘트가 장내를 울리고 음악이 흘러나왔다.

그에 맞춰 실루엣으로 보이던 김정만이 태권도복을 모티브로 제작한 무대 복장을 하고 발차기를 하며 뛰쳐나왔다.

와아!

달인 김정만이 나타나자 객석에 앉아 있던 팬들이 남녀노소 할 것 없이 일제히 자리에서 일어나 환호를 하였다.

쿵! 쿵! 쿵! 쿵!

태권 파이팅!

흥겨운 음악이 흐르고 김정만에 약간은 긴장을 한 표정으로 스케이트 기술과 약간의 태권도 발차기를 섞어 연기를 하였다.

빙판 위를 미끄러지다 점프를 하여 태권도의 이단옆차기를 할 때면 관객들은 물론이고 심사를 보고 있던 김은하 선수와 그 옆에 있던 그녀의 코치도 깜짝 놀랐다.

더욱이 김정만이 제자리에서 점프를 하며 뒤 후리기를 할 때는 너무 놀라 자리에서 벌떡 일어났을 정도였다.

비록 스케이트를 타면서 한 것이 아니라 스케이트 기술로 보기는 어려웠지만 만약 스케이트를 타면서 했다면 그것은 피겨 스케이트의 토루프 점프와 같았기 때문이다.

비록 1회전뿐이었지만 초보가 하기에는 어려운 기술인 것은 맞았다.

그 때문에 전문 기술과 비슷한 점프를 성공시킨 김정만에게 박수를 보내는 것은 당연한 것이었다.

그런데 김정만은 자신의 별명이 달인이라는 것을 다시 한 번 주장하듯 한 발로 링크 위를 가로지르는 스파이럴을 선보였다.

지금까지 김은하의 키스&크라이를 출연하는 모든 출연자들이 피겨의 기본 기술에 들어가는 스파이럴을 선보였지만 대부분 중심을 잡지 못하고 비틀 대거나 아니면 기술을 실패하고 넘어지는 모습을 보였다.

그런데 김정만은 아주 깨끗한 포즈로 아라베스크 스파이럴을, 그것도 경기 규정처럼 3초 이상 유지하는데 성공을 한 것이다.

점프를 했을 때는 그저 시도를 한 것에 놀랍다는 정도였는데, 스파이럴을 성공했을 때는 김은하는 물론이고 빙상 협회 이사인 김은정 그리고 브라이언 코치도 너무 놀라 어떤 말도 못하고 경악을 하였다.

비록 아라베스크 스파이럴이 스파이럴의 기본이라고 하지만 김정만은 너무도 완벽한 동작으로 마치 교과서를 보는 것처럼 완벽하게 소화를 해냈기 때문이다.

처음 음악이 흐르고 김정만이 나타났을 때는 코미디언인 그가 어떤 퍼포먼스를 보일까 하는 쪽으로만 초점을 맞추고 지켜보았는데, 역시나 달인이라는 그의 별명이 부끄럽지 않게 달인의 모습을 보여주었다.

퍼포먼스만이 아닌 피겨의 기술도 정확하게 선보이며 객석의 팬들은 물론이고 전문가인 심사위원들 마저 깜짝 놀라게 만들었다.

"하하, 역시 달인입니다."

와아! 와아!

신동영이 연기를 마치고 링크 가운데 대기를 하는 김정만을 보며 칭찬의 말을 하였다.

어떤 말로 포장을 해도 방금 전 김정만이 보여 주었던 무대를 정확하게 표현을 할 수 없을 것이다.

그래서 생각한 단어가 바로 김정만을 나타내는 별명인 '달인' 이었던 것이다.

그리고 이런 신동영의 말이 맞다는 것을 객석에서 들려주듯 바로 호응이 들려왔다.

스파이크

김정만 보다 먼저 무대를 마친 출연자들은 방금 전 김정만이 선보인 무대를 보며 고개를 흔들었다.

그들도 인정을 하는 것이다.

누구는 연기자고 또 누구는 비록 종목은 다르지만 스케이트를 10년 이상을 탄 선수다.

또 다른 누구는 댄스를 주업으로 하는 아이돌 가수도 있었다.

그런데 이들이 선보였던 무대보다 방금 전 무대를 마친 김정만의 무대와 비교를 하면 모두 고개를 떨궜다.

음악과 함께했던 이들도 스케이트와 한 몸을 이루던 선수도 그리고 다른 사람이 되어 그것을 연기하는 이들도 모든 면에서 김정만보다 표현을 하지 못했다.

그랬기에 키도 작고 외모도 볼품없는 김정만이지만 지금 화면 안에 비친 김정만의 모습은 그 어느 때보다 빛났다.

와아!

출연자들이 김정만의 무대를 보며 각자 뭔가를 반성하고 있을 때, 다시 한 번 커다란 팬들의 환호성이 들렸다.

그 이유는 조금 전 김정만의 키스&크라이 점수가 발표가 되었기 때문인데, 충격적인 무대를 선보였던 것만큼이나 김정만이 받은 점수도 충격적이었기 때문이다.

아무도 9점대 점수를 받은 적이 없었는데, 김정만이 무려 3명에게 9점대 점수를 받았고, 유일하게 8점대 점수를

준 빙상 협회 김은정 이사에게서도 8.9라는 높은 점수를
받았다.

"하하하! 역시 작은 고추가 맵네요. 달인 김정만 씨였습
니다."

짝짝짝짝!

*   *   *

김정만의 무대가 끝나고 잠시 정리하는 시간이 주어졌다.

그리고 그 사이 다음 순서인 수현의 무대가 준비되었다.

수현은 자신의 차례가 되자 방금 전 김정만의 무대를 보
며 두근거렸던 심장을 진정시키며 차분히 링크 안으로 들어
갔다.

무대 준비를 위해 스태프들이 분주히 돌아다니고 또 객석
에서도 방금 전 김정만이 선사한 흥분이 아직 다 가라앉지
않았기 때문이지 조금은 부산한 분위기였지만 수현의 눈과
귀에는 아무것도 들어오지 않았다.

스윽! 스윽!

가볍게 빙판 위를 미끄러지며 정신을 가다듬었다.

마치 전문 피겨 선수마냥 링크장 안을 스케이트를 타며
돌아다니며 자신이 어느 지점에서 기술을 걸 것인지 스태프
을 점검하였다.

그런 수현의 모습에 김은하는 물론이고 그녀의 코치인 브라이언도 그리고 김은정 빙상 협회 이사도 눈을 반짝이며 지켜보았다.

조금 전 김정만이 생각지도 못한 모습을 보여준 때문인지 준비를 하는 수현의 모습에 뭔가 기대감을 담기 시작했다.

링크를 한 바퀴 돌며 자신이 준비한 연기를 점검한 수현은 고개를 한 번 끄덕이며 무대 중간에 마련된 간이 의자에 앉았다.

그것이 신호가 되었는지 밝게 빛나던 조명이 흐려지며 무대가 어두워지기 시작했다.

그리고 어둠 속에서 실루엣으로 보이는 수현이 고개를 숙이고 있는 모습이 보였다.

우웅!

뚱! 쿵!

단조로운 음이 실내를 가득 울렸다.

와아! 와아!

무척이나 단조로운 음이었지만 이 자리에 있는 모든 사람이 그 음이 어떤 음악의 전조인지 너무도 잘 알고 있었다.

자신의 집 화장실에서 갑자기 사망을 한 미국의 팝의 황제 마이클이 불렀던 빌리제인 이었다.

팝의 황제 마이클을 진정한 황제의 자리에 등극하게 만든 곡이기도 했으며, 또 빌리제인 하면 충격적인 퍼포먼스가 있었다.

'에어워크', 말 그대로 공기 중을 걷는 것 같은 그 춤은 지금도 댄서들이 따라하는 춤이기도 했다.

그러니 노래가 흘러나오고 팬들은 일제히 환호를 하였다.

그와 동시에 링크 가운데 의자에 앉아 있는 수현에게 핀 조명이 쏟아졌다.

하얀 정장에 완장을 차고 새하얀 중절모를 쓴 수현의 모습은 마치 고인이 된 팝의 황제 마이클을 추모하는 듯한 모습을 보여주었다.

실제로 수현은 빌리제인의 리듬에 맞게 마이클이 추었던 안무를 그대로 빙판 위에서 선보이기 시작했다.

그러자 다시 한 번 객석에서는 팬들의 환호성이 들렸다.

아아! 와아! 휘익!

흥분한 팬들은 환호는 물론이고 휘파람까지 불며 수현의 무대에 열광을 하였다.

짝! 짝!

그런데 팬들이 수현의 무대에 이렇게까지 환호를 하는 것은 팝의 황제 마이클의 히트곡인 빌리제인 때문만은 아니다.

처음에는 신나는 댄스곡인 빌리제인이 흘러나오자 환호를 한 것도 있지만 수현이 아이돌그룹의 리더이면서 상당한 춤 솜씨를 가지고 있다는 것을 알고 있기에 그 기대감 때문에 흥분을 한 것이다.

로열 가드의 리더 수현이 팝의 황제 마이클의 히트곡 빌리제인을 가지고 어떤 모습을 보여줄지 그 기대감에서 나오는 호응이었다.

그리고 수현은 이런 팬들의 기대를 무너트리기 않고 경쾌한 스텝을 밟으며 스케이트와 브레이크 댄스를 접목해 마이클의 안무를 팬들에게 선보였다.

둥둥 탁! 둥둥 탁!

빌리제인에서 이번에는 또 다른 마이클의 히트곡 비트 잇이 흘러나왔다.

음악이 바뀌었는데도 수현은 전혀 흐트러지지 않고 자연스럽게 연기를 하였다.

그것만 봐도 수현이 얼마나 준비를 철저히 했는지 알 수 있었다.

스윽! 턱!

와아!

음악이 최고조에 이르자 수현은 비록 1회전이었지만 점프를 하였다.

그것도 점프 중 가장 어렵다는 악셀 점프였다.

악셀 점프는 1882년 노르웨이의 피겨 스케이팅 선수인 악셀 파울센의 이름을 따 만든 점프 기술 이름이다.

다른 피겨의 점프가 뒤에서 시작하는 점프인데 반해 악셀 점프는 앞으로 도약해서 뛰는 점프다.

그러다 보니 악셀 점프는 같은 회전의 점프라도 반 바퀴 더 돌게 된다.

그 때문에 부상이나 실패할 수 있는 확률이 다른 점프에 비해 높다.

그래서 피겨 스케이트에서도 기술 점수가 가장 높게 책정이 된다.

그게 무슨 말인가 하면, 피겨의 점프 기술 이름이 토룹〈플립〈살코〈루프〈악셀〈쿼드 순으로 점수가 높다.

하지만 마지막 쿼드는 이름에서도 알 수 있듯 4회전 기술이다.

그러니 그 미만 점프에서 가장 높은 기술은 악셀이라 할 수 있는 것이다.

그런데 방금 전 수현이 비록 1회전 점프였지만 가장 기술 난이도가 높은 악셀 점프를 한 것이니 놀라지 않을 수 없었다.

하지만 놀라기에는 아직 일렀다.

처음은 퍼포먼스로 시작을 했다면 중반에 접어들면서 수현은 그 동안 전문가에게 강습을 받으며 익혔던 스케이팅 기술을 유감없이 선보였다.

이전 무대에서 김정만이 정확한 동작으로 선보였던 아라베스크 스파이럴은 물론이고 한발로 엣지를 바꿔가며 타는 스텝과 양발을 가꿔가며 하는 스텝을 선보였다.

이쯤 되자 김은하와 전문가들은 경악을 넘어 황당하기까지 하였다.

전문 선수도 아니고 일반인이 이렇게까지 피겨 스케이팅 기술을 정확하게 구사하는 것에 할 말을 잊었다.

수현은 개인 코치에게 짧은 기간 배웠던 것이지만 시간이 날 때마다 목동 아이스링크를 찾아 혼자 연습을 했다.

그리고 오늘도 일찍 목동 링크장을 찾아 연습을 하고 왔다.

음악이 흐르고 연기를 시작하면서 수현은 어느 순간 모든 것을 잊었다.

팬들의 환호도 그리고 귓가를 울리던 음악도 더 이상 수현은 인식하지 않았다.

오늘 무대를 준비하며 코치와 함께 짰던 안무를 마치 기계적으로 펼칠 뿐이었다.

하지만 그것이 실내를 울리는 음악과 어우러져 사람들에게 감동을 선사하고 있었다.

착!

끝나지 않는 잔치가 없듯 계속 될 것만 같던 음악이 멈추고 수현의 스케이팅도 끝이 났다.

와아! 와아!

휘이익! 휘이익!

수현의 연기가 끝나자 객석에서 팬들이 준비했던 꽃을 링크 안으로 던졌다.

이 꽃들은 출연자들이 회를 거듭하면서 탈락자 선정에 영향을 주지만, 오늘은 그저 출연자들이 얼마나 완성된 무대를 펼치는지 보기 위해 준비된 장치일 뿐이다.

다음 주부터는 주어지는 미션을 성공하지 못하면 이들이 던진 꽃의 숫자와 심사위원들이 준 점수를 합산하여 꼴찌가 되는 출연자가 탈락을 하는 것이다.

그렇지만 지금까지 팬들이 던진 꽃다발은 지금까지 출연한 어느 출연자보다 많았다.

"후우! 후우!"

수현은 연기를 끝내고 숨을 격하게 쉬었다.

겨우 2분50초 정도의 짧은 시간이었지만 빙판 위에서 연기를 한다는 것은 무척이나 힘든 일이다.

그 때문에 일반인과 다른 수현이지만 지금은 많이 지쳤다.

물론 육체적 피로 때문에 지친 것이 아니라 정신적으로 지친 것 뿐이다.

익숙하지 않은 빙판 위에서 아무리 연습을 했다고 하지만 땅과 다른 빙판 위는 아직은 수현에게도 익숙하지 않아 많이 조심을 해야만 하기에 그 위에서 중심을 잡고 기술을 펼치는 것은 어려운 일이다.

수현의 연기가 끝나고도 한동안 객석에서 박수와 환호성이 그치지 않았다.

그 때문에 진행을 맡은 신동영은 진행을 위해 멘트를 해야 했지만 그도 어쩔 도리가 없었다.

대한민국 명 MC로 유명한 그이지만 그마저도 방금 전 끝난 수현의 연기에 흥분을 하고 있어 팬들의 환호를 중단시키지 않고 그냥 두었다.

아니, 명 MC이다보니 직금은 흐름을 끊는 것 보단 그냥 이대로 두는 것이 프로그램 진행상 더 낫다는 것을 알기에 그냥 두고 보는 것이다.

그렇게 수현의 연기가 끝나고 전문가들의 심사평을 들어야 하는 순서가 남아 있음에도 팬들이 진정하기까지 5분여를 그냥 지켜보았다.

"네! 정말 수현 씨! 왜 팬들이 열광하는지 잘 알 것 같습니다."

신동영은 진행에 앞서 수현에 대한 평을 하였다.

"제가 듣기론 저희 STV의 작가님이 섭외 전화를 한 뒤부터 스케이트를 배우셨다고 했는데, 도대체 얼마나 연습을 한 것입니까?"

자신이 이번 프로그램의 MC를 맡으면서 작가를 통해 알게 된 정보를 근거로 질문을 하였다.

연기를 끝내고 대기를 하는 동안 숨을 고르고 있던 수현은 MC인 신동영의 질문에 차분히 대답을 하였다.

"아예, 대한민국 국민의 한 사람으로써 불모지나 다름없는 피겨 스케이트 부분에서 입상도 아니고 세계1위라는 영광을 안겨주신 김은하 선수를 평소부터 존경하고 있었습니다."

수현은 평소 자신이 김은하에게 느끼고 있던 감정을 가감 없이 표현을 하며 질문에 답을 하였다.

"좋은 조건에 섭외가 되었으니 최선을 다해 실망스러운 모습을 보이지 말자는 차원에서 시간이 날 때마다 열심히 스케이트 연습을 하였습니다. 그에 회사에서도 제 생각에 동조를 해주어서 전문가 선생님을 섭외해 주셔서 비록 짧은 시간이었지만 많은 것을 배웠습니다."

자신의 노력은 당연한 것이고 지금의 실력을 이루는 대는 회사의 도움과 자신을 가르쳐준 코치에게 공을 돌리는 수현의 모습에 다시 한 번 객석에서 환호성이 울렸다.

휘이!

와아!

"아 예, 그러니까 수현 씨는 열심히 하지 않고 시간 나면 연습을 했다는 말씀이고, 그럼에도 이 정도 실력을 가진 것은 전부 내가 천재라고 자랑 질을 한 것이지요?"

회사와 코치에게 영광을 돌리는 말을 신동영은 코미디언인 자신의 직업을 잊지 않고 살짝 진실을 왜곡해 되물었다.

"헐! 어떻게 제 말이 그렇게 변질이 될 수 있나요."

수현은 신동영이 일부러 자신을 놀리기 위해 대답을 왜곡해서 해석을 한 것을 알면서도 그에 맞춰 황당하단 표정을 하면서 대답을 했다.

두 사람의 그런 이야기는 한편의 잘 짜인 꽁트를 보는 것만 같아 실내를 웃음바다로 만들었다.

그리고 이를 지켜보던 김은하 선수는 눈에 눈물까지 맺어가며 배를 잡고 웃었다.

"하하하! 농담입니다. 자! 이제는 수현 씨의 키스&크라이 점수를 듣겠습니다."

어느 정도 장내가 진정이 된 것을 깨달은 신동영은 얼른 다음 순서를 진행했다.

수현의 충격적인 연기로 인해 한 것 달궈졌던 실내가 진정이 되고 전문가들의 평가를 받을 시간이 되었다.

"정말 상상도 못했던 연기를 이곳에서 보게 되었습니다. 조금만 더 일찍 피겨 스케이트를 접하게 되셨다면 충분히 국가대표 상비군으로 뽑혔을 것 같았습니다. 그래서 제 키스&크라이 점수는… 9.5드리겠습니다."

빙상 협회 김은정 이사의 키스&크라이 점수가 발표가 되자 객석에서 박수와 환호성이 들렸다.

와아!

짝! 짝! 짝!

"자자! 진정들 해주시고, 이번에는 우리의 퀸 은하 선수께서 평가를 해주시겠습니다."

객석에서 박수와 환호가 들리자 신동영은 조금 전과 다르게 얼른 객석을 진정시켰다.

심사위원들의 평가가 있을 때마다 객석에서 팬들의 환호가 들리고 그러면 촬영이 한 사람에게 집중이 되고 늘어져 편집하는데 문제가 발생할 소지가 있기에 중간에 차단을 한 것이다.

그런 것을 보면 역시 신동영이 무엇 때문에 명 MC이고 또 한 때는 국내 최고에 있었는지 알 수 있었다.

"정말이지 놀랍다는 말밖에 할 말이 없네요. 이전에 김정만 씨의 무대를 봤을 때도 연예인 분들이 참으로 많은 재능을 가지고 있구나! 하고 생각을 했는데, 방금 수현 씨의 무대를 보고는 제가 연예인 분들을 과소평가를 했다는 생각에 반성을 하게 되었습니다."

김은하 선수는 수현이 연기를 하는 내내 설마 비전문가가 그렇게까지 피겨 스케이트 기술을 정확하게 구사할 줄은 상상도 하지 못했다.

물론 김정만의 연기를 보면서 그가 피겨 기술 중 스파이럴을 정확하게 구사하는 것에 경악을 했었지만, 그건 기본 기술 중 하나로 원래 김정만이 어려서부터 무술을 배웠고, 여러 방면에 다재다능하다는 것을 알고 있었기에 그럴 수 있다고 평가를 했었다.

그런데 방금 전 수현의 무대는 그렇게 놀랐던 김정만의 무대를 압도적으로 능가하는 무대였다.

아니 그 무대는 연예인인 비전문가의 무대가 아니라 프로를 지향하는 선수들 수준의 무대와 다르지 않았다.

비록 점프의 회전수가 1회전으로 아쉬운 감이 없진 않았지만, 낮은 점수를 받을 수는 있지만 감점 요소는 없는 완벽한 기수 시도였고 성공이었다.

더욱이 다른 출연자들은 그저 스케이트를 타는 모습과 약간의 기술 시도를 보여주어 짧은 기간 스케이트를 접한 것에 대해 가능성을 보여주었다면, 프로그램 섭외 연락을 받고 연습을 했다는 말이 무색하게 완벽한 모습을 보여주었다.

그러니 김은하 선수로써는 뭔가 하고 싶은 말은 많았지만 어떻게 연기에 대한 평가를 해주어야 할지 갈피를 잡지 못했다.

하지만 다른 출연자들에게 들려준 것처럼 연기에 대한 감상평을 해줘야 다음 회 차에 더 발전된 모습을 보여줄 것이기에 김은하는 잠시 하던 말을 멈추고 생각을 정리하고 심사평을 들려주었다.

"스파이럴이나 점프 등 나무랄 것이 없이 완벽한 기술이었습니다. 마지막 스핀은 참으로 독특한 것이어서 수현 씨가 무대에 어떤 것을 보여주려고 했는지 잘 느낄 수 있었습니다. 다만 스텝 중간에 너무 욕심을 보여 실수를 하는 장면은 조금 안타까웠습니다."

실제로 김은하 선수의 말처럼 수현은 완벽한 무대 중간에 너무 편하게 생각해 방심을 하는 바람에 스텝이 꼬여 살짝 버벅거렸다.

바로 정신을 차리고 실수가 아닌 척 연기를 했지만 전문가인 김은하 선수의 눈을 피하진 못했다.

김은하 선수 이전 평가를 했던 김은정 이사는 수현이 연예인이고 비전문가인 점을 생각해 그것을 언급하진 않았지만, 김은하 선수는 그렇지 않았다.

이미 수현의 실력이 전문가 수준이란 것을 인정하고 그에 맞춰 평가를 하였다.

"그래서 제 점수는 9.0입니다."

와아!

약간은 박한 점수였지만 김은하 선수의 이야기를 들은 팬들은 그녀가 어떤 기준에서 수현의 연기를 평가를 했는지 깨달았다.

'에휴! 역시 세상에 쉬운 것은 없구나!'

수현은 김은하 선수의 평을 들으면서 자신이 어떤 잘못을 했는지 깨달을 수 있었다.

실제로 연기를 하면서 연습한 기술이 실수 없이 마음먹은 대로 시전이 되자 방심을 했다.

아니 교만이 가슴 한편에 솟아났다.

그 때문에 점프 후 양발을 다른 방향으로 향하여 질주하는 이나바우어 기술을 한 다음 다시 스텝으로 넘어가는 중에 스케이트의 앞코 정식 명칭으로는 토 부분이 빙판을 찍으며 중심이 무너졌다.

미끄러운 빙판에서 중심이 무너지면 남은 것은 한가지다.

다행히 순발력이 뛰어난 수현은 바로 중심을 잡고 스텝을 바꿔가며 그것을 감췄지만 전문가의 눈을 피해가진 못한 것이다.

그런 실수를 지적당하자 수현은 너무도 부끄러웠다.

그렇게 자신의 자만에 대한 반성을 하는 중에 이번에는 김은하 선수의 코치인 브라이언의 심사평이 들려왔다.

"와우! 언빌리버블! 액설런트! 믿을 수가 없는 연기였습니다."

브라이언 코치는 미국인 특유의 과장된 표현을 쓰면서 수현이 조금 전 연기했던 것들을 칭찬하였다.

"정말이지 우리 퀸 이후로 한국에 많은 관심을 가지고 있었지만 이렇게 훌륭한 재능을 가진 사람이 있었다니 전 정말 놀랐습니다. 익사이팅! 베리베리 해피!"

"어머!"

자신의 코치가 하는 심사평을 듣고 있던 김은하 선수는

지금까지 보였던 그 어떤 때보다 밝게 그리고 즐겁게 이야기하는 브라이언 코치의 모습에 놀랐다.

원래 그가 즐거운 사람임을 알고는 있었지만, 그것 어디까지나 자신이 맡은 선수의 긴장감을 풀어주기 위해 또는 자신의 평가에 일희일비할 사람의 기분을 나쁘지 않게 하기 위한 방편이었지, 이렇게 진정으로 즐거운 표정을 짓는 경우는 그리 흔치 않았다.

실제로 자신과 함께 하면서 지금처럼 진정으로 즐거운 표정을 했던 때는 몇 번 없었다.

어린 나이에 세계를 누비며 많은 사람들을 만나고 다양한 성향의 사람들을 겪으면서 비록 많은 나이를 먹은 것은 아니지만 사람을 보는 안목이 높아진 김은하였다.

그러니 그 사람이 이야기를 할 때 그가 하는 말이 진심이 담긴 말인지, 아니면 상대의 기분을 망치지 않게 포장을 한 말인지는 구별할 수 있다.

그리고 지금 브라이언 코치가 수현에게 들려주고 있는 이야기는 현재 그가 진정으로 하는 말임을 알 수 있었다.

"와우! 브라이언 코치님의 평가가 대단한대요. 수현 씨, 어때요?"

"네?"

수현은 느닷없는 신동영의 질문에 눈을 동그랗게 뜨며 대답을 했다.

스타일라이드

"방금 전 브라이언 코치님이 수현 씨에게 대단한 재능을 가지고 있다고 말씀하셨는데, 이번 기회에 선수로 나가보는 것은 어떻습니까?"

신동영은 이야기를 하면서 음흉한 미소를 지어보였다.

그런 신동영의 표정이 심상치 않다고 생각을 하고 있던 찰나 신동영의 입에서 엄청난 이야기가 쏟아졌다.

"대한민국에 존재하는 두 명의 여왕 중 한 분을 꿰었는데, 여기 남은 한 분은 어떠세요?"

우! 우! 우!

신동영의 말이 끝나기 무섭게 객석에서 야유의 함성이 들렸다.

방금 전 신동영의 이야기는 대한민국에서 공인된 여왕인 연예계의 최유진과 스포츠계의 김은하 선수를 두고 하는 언급이었다.

최유진이 수현이 있는 로열 가드의 앨범과 뮤직비디오에 출연한 것을 꿰었다는 자극적인 표현을 한 것과 동시에 이 자리에 함께 있는 김은하 선수를 언급함으로써 뭔가 러브라인을 형성하려는 것을 보았기 때문이다.

최유진이야 수현과 같은 기획사에 소속되어 있으며, 수현이 한때 최유진의 경호원을 하면서 생명을 구해주었고 또 위해를 가하려던 범인까지 잡았던 인연이 있었다.

그 때문에 최유진이 수현의 있는 아이돌 그룹의 뮤직비디

오와 앨범에 출연한 것에 별다른 거부반응 없이 받아 들였다.

더욱이 최유진이 비록 여왕이라고 불리지만 유부녀라는 것 때문에 관대하게 넘어갔다.

하지만 김은하는 달랐다.

이전에는 최유진과 함께 여왕이라 불렸지만 국민들이 염원하던 올림픽 금메달을 획득하면서 오히려 지금은 최유진의 아성을 넘어섰다.

최유진이 점점 자리에서 내려오는 형국이라면, 김은하는 점점 더 떠오르는 태양과 같은 형국이다.

그런데 신동영이 두 사람을 언급하며 수현에게 최유진에 이어 김은하 선수와도 뭔가 합게 이슈를 만들어보지 않겠냐는 이야기를 한 것에 많은 남성 팬들이 그리고 수현을 좋아하는 여성 팬들이 일제히 그에게 야유를 한 것이다.

한편 심사위원석에 앉아 자신의 차례가 지나 방심을 하고 있던 김은하는 신동영의 기습적인 멘트를 듣고 놀라고 말았다.

'어머!'

두근!

느닷없는 신동영의 멘트에 김은하의 심장이 순간 크게 뛰었다.

비록 느닷없는 말이었지만 싫진 않았다.

그녀가 보기에도 수현의 모습은 너무도 잘생기고 또 재능도 넘쳤기 때문이다.

객관적으로 봐도 수현은 어디 가서 꿀릴 것 같은 모습은 아니었다.

잘생기고 키도 크고, 유명 스타로써 인기도 많았다.

수현에 대해 많은 것을 알고 있는 것은 아니지만 나쁘지 않았다.

떡줄 사람은 생각도 않는데, 김은하 선수는 신동영의 한 말에 혼자 앞서 나가며 많은 생각을 하였다.

"하하, 우리 여왕님의 표정은 싫지 않은가 본데요?"

자신을 향해 팬들이 거세게 야유를 하자 얼른 진행을 하려 심사위원석을 돌아보던 중 김은하 선수의 상기된 표정을 확인한 그는 조금 전보다 더 짓궂은 표정을 지으며 이야기 하였다.

"어머!"

혼자 상상의 나래를 펼치던 김은하는 또 다시 들린 신동영의 말에 깜짝 놀랐다.

조금 전에는 혼자만의 상상을 하는 것이라 상관이 없지만, 지금은 카메라가 자신을 찍고 있던 것을 보았다.

여기서 자칫 잘못 이야기를 했다가는 스캔들에 휘말릴 수도 있었다.

한 차례 스캔들에 휘말린 경험이 있는 그녀로서는 다시는 그런 경험을 하고 싶은 생각이 없었다.

그 때문인지 조금 전까지 기분이 좋아 밝게 웃던 그녀의 표정이 살짝 굳었다.

그런 그녀의 표정 변화를 정면으로 보고 있던 수현의 눈에 띄었다.

"선배님! 제가 무슨 잘못한 것이 있습니까?"

수현은 순발력 있게 카메라의 시선을 자신에게 집중시켰다.

"지금도 때대로 유진 누나의 팬들에게 협박 전화를 받고 있는데, 김은하 선수까지 엮이게 되면 저 대한민국에서 못 살아요. 아니 지구에서 살지 못할 지도 모릅니다."

김은하 선수의 팬들이 대한민국뿐만 아니라 전 세계에서 퍼져 있으니 자칫 잘못하다가는 지구에서 살기도 힘들다며 은근슬쩍 신동영을 협박했다.

비록 말은 자신이 살기 힘들지도 모른다고 말을 했지만, 그 말은 명백히 신동영에게 하는 협박이었다.

엮인 자신은 물론이고 처음 엮으려고 했던 그 또한 힘들 것이란 것을 이야기 속에 내포시킨 것이다.

그리고 김은하 선수의 팬들뿐만 아니라 자신의 팬들도 그를 그냥두지 않을 것이란 것도 언급했다.

"만약 그렇게 된다면 저를 대한민국에서 쫓아내게 만든 선배님도 제 팬들이 가만두지 않을 겁니다."

이야기를 하면서 수현은 빙그레 웃었다.

신동영이 자신에게 장난을 친 것에 대한 복수를 하는 것이기 때문이다.

"워워! 이것 선남선녀라 월하노인이 되어 보려 한 것인데, 큰일 날 뻔 했네요. 죄송합니다."

신동영은 자신의 멘트가 일파만파 될 뻔했지만 수현이 나서서 넘긴 것을 느꼈다.

사실 신동영도 연출에서 나온 억지스러운 요구에 어떻게 해서든 프로그램을 살리기 위해 궁리를 하다 그런 갑작스러운 러브라인을 그려 본 것인데, 이야기를 하고 나서 살짝 수현과 김은하 선수의 표정을 살폈다.

처음 반응은 나쁘지 않았다. 하지만 곧 김은하 선수의 표정이 굳는 것을 보고는 깜짝 놀랐다.

그 또한 김은하 선수에 대한 루머와 스캔들에 대한 것을 그때서야 생각한 것이다.

후회는 아무리 빨라도 늦었다는 말이 있듯 어떻게 사태를 수습할까 고민을 하고 있을 때, 다행히도 수현이 초점을 김은하 선수가 아닌 본인과 자신에게로 몰아오면서 사태를 무사히 넘길 수 있게 되었다.

그래서 재빠르게 사과를 하고 논란을 종식시켰다.

브라이언 코치의 평가가 끝나고 퍼포먼스 평가 담당으로 섭외된 가수 김정훈의 평가까지 끝나고 김은하의 키스&크라이 출연진의 솔로 평가가 모두 끝났다.

열 명의 출연자들 중 수현은 그가 보여 주었던 충격적인 완벽한 무대만큼이나 높은 점수를 받아 1등을 하였고, 그 뒤로 완벽한 스파이럴이였다는 칭찬을 받은 달인 김정만이 2등을 하였다.

그 뒤로 재능을 인정받은 소녀천국의 수정과 솔로 가수인 서담비가 공동3등을, 스피드 스케이트의 이주혁 선수가 5등을, 50대의 나이에도 불구하고 열연을 한 방준금이 6등을 하였다.

배우 유아연이 7등을 하였으며, 배우 서진석과 가수 EU 그리고 아역 탈랜트 진주희는 공동 8위가 되었다.

옷 속에 또 다른 무대 의상까지 준비하며 열연을 보였던 서진석이지만 아쉽게도 스케이트 실력은 보여준 것이 별로 없어 엉거주춤 걸음마를 했던 EU나 아장거리며 김은하 선수가 국제 대회에서 선보였던 연기를 따라했던 진주희와 함께 공동 8위를 할 수밖에 없었다.

Chapter 7

최유진의 고민

기사단장, 여왕을 홀리다.

김연희 기자, 입력 20xx년 1월 x일.

STV 토요 예능 파일럿 프로그램인 '김은하의 키스&크라이'는 피겨 퀸 김은하 선수의 이름을 걸고 하는 예능 프로다. 출연자로는 김은하 선수를 필두로 명 MC이며 코미디언인 신동영, 김정만, 비밀의 정원에서 주인공 선빈의 어머니 역할로 열연을 한 배우 방준금, 배우 서진석, 청춘스타였다가 결혼과 함께 육아를 이유로 활동을 접었던 배우 유아연, 아역 배우 진주희, 아이돌 소녀천국의 막내 수정, 솔로 가수인 서담비, EU 그리고 요즘 핫이슈인 남성 아이돌 그룹 로열 가드의 리더 수현과 마지막으로 스피드 스케이트의 영웅 이주혁 선수가 평창 올림픽 유치를 위해 특별히 출연을 하였다.

'김은하의 키스&크라이'는 본 기자가 앞서 이야기한 대로, 평창 올림픽 유치를 위해 문화관광부의 후원과 대한체육회의 지원을 받아 STV에서 제작, 방영을 한다.

한국인으로는 최초로 세계선수권을 석권하고 또 아시아인 최초의 피겨 종목 올림픽 금메달리스트인 김은하 선수의 명성에… 이날 달인 김정만 씨를 비롯한 출연자 열 명 중 스피드 스케이트 선수인 이주혁 선수를 제외하고 남은 아홉 명은 프로그램에 섭외되기 전까지는 전혀 피겨 스케이트를 접해본 적이 없다고 한다.

…출연 섭외를 받은 후 한 달 정도 연습을 하고 김은하 선수를 비롯한 피겨 전문가 두 명과 예능 프로그램인 것을 감안한 비전문가 한 명, 총 네 명에게 심사를 받았다.

짧은 연습기간 에도 불구하고 몇몇 출연자들은 상당한 스케이트 실력을 선보였는데, 그 중 달인 김정만… 달인이란 별명이 무색하지 않게 잘 짜인 프로그램 구성과 실수를 연기로 승화시킨 순발력으로 김은하 선수는 물론이고 그녀의 안무 코치인 브라이언 코치를 탄복케 하였다.

…하지만 가장 압권은 마지막에 출연한 로열 가드의 수현이었다. 작년 고인이 된 미국의 팝의 황제 마이클을 추모하는 의미에서 그의 대표적인 히트곡 빌리제인을 오마주하여 연기를 하였다. 수

현은 마이클의 히트곡 빌리제인에 맞춰 마이클의 전매 특허인 에어워크를 피겨 스케이팅으로 재연을 하는가 하면, 빼어난 스케이팅 실력을 선보이며 참관한 모든 이들을 홀렸다.

└ 수현마누라: 역시 내 남편! 못하는 것이 없어!

└ 수현내꺼: 위에 님! 헛소리하지 마세요. 수현은 내꺼!

└ 기사바라기: 춤이면 춤! 노래면 노래! 얼굴이면 얼굴!

└ 천사1004: 수현 혼자 너무 튀려고 하는 것 같아 꼴불견!

└ 수현마누라: 여기 관종 출현! 위에 기자도 언급을 한 것처럼 섭외를 받은 뒤로 열심히 연습을 했다는데, 혼자 튀려고 했다니 그게 말이야! 막걸리야!

└ 로열패밀리: 맞아! 천사1004 아이디만 천사지 생각은 양아x네~~

*　　　　*　　　　*

'김은하의 키스&크라이' 가 방송에 나가고 출정식과 김은하 선수의 축하 공연 그리고 출연자 열 명이 준비한 무대가 방송을 탔다.

출연 섭외를 하고 한 달이라는 같은 기간이 주어졌다고 하지만, 준비를 한 출연자들의 실력은 천차만별이었다.

열심히 준비를 하여 준비한 모든 것을 보여준 사람이 있는가 하면, 너무 긴장을 한 나머지 자신이 준비한 것을 모두 보여주지 못해 실망을 한 출연자도 있었다.

하지만 방송을 본 사람들은 잘한 출연자에게는 박수를 그리고 조금 준비가 미비한 이들에게 응원의 박수를 보이면서도 한 사람에 한에서는 많은 이야기를 하였다.

킹덤 엔터에서 3년 만에 내놓은 남자 아이돌 그룹, 로열 가드의 리더 수현에 관한 이야기다.

로열 가드는 처음 가요계에 데뷔를 할 때부터 이슈를 몰고 왔다.

최정상의 톱스타 최유진의 피처링 참여와 방송 데뷔 무대에서의 깜짝 등장, 그리고 KTV의 야외 예능 프로그램인 도전! 드림팀 시즌3에서는 너무도 압도적인 활약으로 다른 출연자들과의 실력 차이가 나는 바람에 어쩔 수 없이 4회 만에 강제적으로 하차할 수밖에 없었다.

하차 과정에서 약간의 잡음이 나오기도 했다.

인기가 없다면 아무런 논란이 일지 않았을 것이지만 수현의 경우 너무도 압도적(다른 출연자들은 장애물을 한 명도 통과를 하지 못했지만 홀로 4회 차까지 성공)으로 어쩔 수 없이 형평성을 위해 하차를 하게 되었다.

그 때문에 잠시 살아나던 도전! 드림팀의 인기가 주춤하기는 했지만, 장애물의 난이도를 조금 내리고 일반인이더라도 전략을 잘만 세우면 성공을 할 수 있게 조정이 되어 수현이 하차를 하면서 살짝 내려갔던 시청률도 다시 올랐다.

아무튼 이렇게 처음 데뷔도, 그 이후에도 가는 곳마다 이슈를 불러일으키던 수현은 이번에도 처음 접해보는 피겨 스케이트에서도 압도적인 모습을 보여 사람들의 입에 오르내렸다.

'김은하의 키스&크라이' 방송 중간에도 나왔지만, 수현은 키스&크라이 출연 한 달 전 통보를 받고 다른 출연자들과 마찬가지로 피겨용 스케이트를 처음 신었다.

그리고 수현의 연습 과정이 방영이 되고 스케줄을 소화하면서도 틈만 나면 피겨 연습을 하던 수현의 모습에 사람들은 고개를 끄덕일 수밖에 없었다.

더욱이 수현을 가르쳤던 코치의 논평에 팬들은 안타까워하였다.

수현이 조금만 더 어린 시절에 피겨를 접했다면, 김은하 선수가 이룩했던 업적을 남자 부분에서도 이룩하지 않았을까 하는 아쉬움에 그러한 생각을 한 것이다.

실제로 전문가인 김은하 선수의 앞에서 준비한 '오마주 투 마이클'이란 제목의 연기는 전문 피겨 선수 못지않은 연기력을 보여주었으며, 김은하 선수는 물론이고 빙상 협회 이사 김은정과 김은하 선수의 안무 코치인 브라이언까지 모두 수현의 재능에 칭찬을 아끼지 않았으며, 비슷한 맥락에서 너무 늦은 나이에 발견한 것에 안타까워하는 모습을 여실히 보여주었다.

그래서 더욱 팬들은 수현에 대해 떠들었다.

그리고 방송이 나가고 또 뉴스를 통해 자극적인 제목을 달고 전파되면서 수현에 관한 이슈는 더욱 퍼졌다.

*　　　*　　　*

촤아!

펼쳐진 신문을 접은 최유진은 고개를 들고 맞은편에 앉아 있는 이재명 사장을 쳐다보았다.

"왜?"

이재명 사장은 날카로운 기세로 신문을 접는 최유진의 모습에 움찔했다.

잘못한 것도 없지만 최유진이 이런 모습을 보일 때면 이재명은 자신도 모르게 움찔할 수밖에 없다.

그도 그럴 것이 최유진은 단순히 톱스타란 말로 표현할 수 없을 정도로 킹덤 엔터에 차지하는 부분이 많았다.

개인적으로도 킹덤 엔터에 이사로 등재가 되어 있을 뿐만 아니라, 킹덤 엔터의 주식 일부를 가지고 있는 주주이기도 했다.

즉, 킹덤 엔터에 소속된 연예인이기도 하지만 회사 등재

이사이며 또 주주인 것이다.

그러니 아무리 킹덤 엔터의 사장이라고 하지만 이재명도 최유진의 눈치를 보지 않을 수 없었다.

"사장님!"

"응! 왜?"

이재명은 평소와 다르게 자신을 부르는 최유진의 부름에 긴장을 하며 대답을 했다.

그런 이재명의 모습에 최유진은 작게 한숨을 쉬며 물었다.

"후, 수현이 언제까지 이렇게 돌릴 거예요?"

작고 조곤조곤 물어오는 최유진의 질문이었지만 이재명에게는 저승사자나 염라대왕이 사자에게 죄를 심문하는 듯 느껴졌다.

"왜? 잘 하고 있잖아?"

최유진의 질문을 받은 이재명은 고개를 갸웃거리며 대답을 하였다.

하지만 이재명 사장의 대답을 들은 최유진은 그 대답이 마음에 들지 않은 듯 다시 질문을 하였다.

"제 말은 그게 아니잖아요. 아이돌 데뷔까진 그래도 이해가 가지만, 자꾸 예능으로만 돌리는 것인지 그 이유를 묻는 것이에요."

"아! 그게……."

이재명은 재차 물어오는 최유진의 질문에 그때서야 최유진이 무슨 이유로 그런 질문을 하는 것인지 인지하였다.

"하하, 무슨 소린가 했네!"

"웃을 일이 아니에요. 굳이 예능에 출연을 하여 인지도를 더 이상 쌓을 것도 없지 않아요."

"그렇기는 한데……."

이재명은 최유진의 이야기를 모두 듣지 않아도 그녀가 무엇 때문에 그런 말을 하는지 잘 알고 있었다.

하지만 회사를 운영하는 입장에선 모든 것을 자신이 기획한 의도대로 할 수 없을 때도 있는 것이다.

이번 수현이 출연을 하게 된 STV의 예능 프로그램도 그랬다.

수현에게 출연 의사를 물어보기는 했지만, 솔직히 그건 요식 행위나 마찬가지였다.

정부 부처에서 동계 올림픽 유치를 위해 협조를 하라는 공문이 내려온 상황에서 못하겠다고 거부할 수 있는 대한민국 기업이 얼마나 될까? 더욱이 연예 기획사는 아예 없다고 보면 되었다.

대한민국 법이 귀에 걸면 귀걸이고 코에 걸면 코걸이라는 것은 코흘리개 삼척동자도 알고 있는 사실이다.

그리고 연예계라는 곳은 권모술수는 물론이고 로비가 만연한 곳이다 보니, 약점도 많았다.

막말로 대한민국에서 손에 꼽는 연예 기획사인 킹덤 엔터라고 하지만 약점이 없는 것이 아니다.

그러다 보니 정부 부처나 방송사의 부탁 아닌 부탁을 거절한다는 것은 쉬운 일이 아니다.

막말로 다음에 보지 않을 것이라면 그럴 수 있다.

그 뒤로 어떤 불이익이 돌아오더라도 감내하면 된다.

하지만 연예 기획사도 회사는 회사다.

이윤을 내기 위해 로비를 하고 때로는 울며 겨자 먹기로 손해를 알지만 받아 들여야 할 때도 있다.

다행이 수현이 제안이 들어왔을 때, 흔쾌히 수락을 하면서 잡음은 없었지만, 만약 거부를 했다면 이재명이 쓸 수 있는 카드는 얼마 없었다.

그런데 최유진이 그런 것을 언급하자 답답해졌다.

"수현이의 드라마 데뷔는 준비 잘 되어 가고 있는 것이죠?"

"으응, 알아보고 있다."

이재명은 최유진이 얼른 다른 방향으로 화제를 돌리자 다행이란 생각을 하며 대답을 하였다.

"또 다른 일로 미뤄지는 것 아니죠?"

"그래 지금 회사로 들어오는 시나리오 모두 검토 중이니 그 중에 수현이에게 맞는 작품도 있을 것이다."

최유진의 물음에 대답을 하는 중에 이재명은 잠시 하던

이야기를 중단하고 그녀를 지긋이 쳐다보았다.

그런 이재명 사장의 모습에 최유진은 눈가를 찡그리며 반응을 하였다.

"그런데 유진아!"

"네?"

자신을 부드럽게 부르는 이재명의 부름에 대답을 한 최유진은 그가 어떤 말을 할 것인지 지켜보았다.

하지만 겉으로는 표시를 내지 않았지만 속으로는 무척이나 긴장을 하였다.

자신이 비록 최고의 연기자라고 하지만 이재명 또한 수십 년을 연예계에서 구른 능구렁이였다.

감정을 숨기는데 능한 연기자라도 이재명의 눈을 피해갈 수는 없었다.

소진이 자신과 수현이 어떤 관계인지 알지 않았기에 안심을 하면서도 눈치가 빠른 이재명이라면 이소진이 이야기를 하지 않았더라도 알아냈을 지도 모르기 때문이다.

"아무리 수현이와 네가 가까운 사이라도 도가 지나친 것 같다."

이재명은 작년 이혼을 한 그녀가 너무 수현에게 집착을 하는 것 같아 불안했다.

수현이 바른 청년이라는 것은 이재명도 잘 알고 있다.

만약 딸이 있다면 소개를 해줄 의향도 있었다.

하지만 최유진과 수현을 엮어서 생각을 한다면, 그건 아니었다.

이곳이 미국이나 유럽이라면 상관없겠지만, 자신이 살고 있는 곳은 대한민국이었다.

남과 여가 만나는 것은 무척이나 자연스러운 현상이다.

더욱이 두 사람은 성인이기에 누군가의 눈치를 볼 이유도 없었다.

하지만 대한민국에서는 연애도 다른 사람의 눈치를 봐야 할 경우가 있다.

그것은 바로 연예인의 연애였고, 팬들의 관심과 사랑을 먹고 사는 연예인이란 직업을 가진 사람은 이러한 숙명을 수용을 해야만 한다.

개인적으로 두 사람이 잘 되었으면 하는 마음이 없지 않지만, 이재명이 생각하기에 두 사람은 절대로 이루어질 수 없는 사이었다.

타인의 연애에 왈가왈부할 수 있는 권리를 누가 준 것도 아님에도 대한민국에 살고 있는 팬이란 이름의 사람들은 자신이 좋아하는 연예인들의 사생활에도 알 권리라는 같잖은 말로 정당화하였다.

그 때문에 연예인들은, 특히나 스타라는 큰 인기를 얻은 연예인들일수록 연애에서 자유로울 수가 없었다.

물론 연예인이 연애를 하는 것에 많이 관대해지긴 했지만 아직도 일부 팬들에게는 그것이 배신 행위로 여겨지고 있다.

그래서 연예인들은 누군가와 연애를 할 때면 공개 연애가 아닌 비공개 연애를 선호했다.

예외가 있기는 하지만, 공개 연애를 한 스타치고 결혼까지 성공한 사례가 극히 드물었다.

네티즌 수사대라는 이름하에 팬들의 감시망에서 벗어나기 힘든 조그만 땅에서 살다보니 비공개로 몰래 데이트를 해도 얼마 가지 못하고 수면 위로 나오게 된다.

그런데 수현과 최유진의 경우 더욱 걸리는 것도 많았다.

최유진의 경우 현재 솔로이기는 하지만 한때 결혼을 하여 아이까지 있다.

그에 반해 수현은 현재 가장 핫한 아이돌이었다.

만약 두 사람이 연애를 한다는 사실을 알게 된다면 아마 어마어마한 스캔들로 전국을 강타할 것이다.

이재명은 그것이 걱정이 되었다.

"네가 수현을 좋아하는 것은 알겠는데, 나이 차이도 있고, 또······."

이재명은 말을 하면서 최유진의 눈치를 살폈다.

한편 최유진은 이재명이 하는 이야기를 입술을 꽉 깨물고 듣기만 했다.

그런 최유진의 모습에 이재명은 속으로 한숨을 쉬며 하던 이야기를 계속하였다.

"네 팬들이야 어느 정도 이해한다고 하지만 수현이의 팬들이나 로열 가드의 팬들 일부는 그런 사실을 받아들이지 않을 것이다. 그리고 네 이혼 경력과 아이들까지 언급을……."

"그만!"

이재명이 이야기를 하는 중가네 최유진은 고함을 지르듯 큰소리를 내며 그의 말을 끊었다.

"오빠! 내가 지금 수현이와 연애를 하고 있다고 생각하는 거예요?"

사실 그런 마음이 없진 않았지만 최유진은 그런 애써 떨치며 이야기를 계속했다.

"전 더 이상 두 번 다시 결혼할 생각 없어요."

자신은 더 이상 결혼을 하지 않겠다며 이재명을 쳐다보며 선언을 하였다.

그런 최유진의 말에 이재명은 두 눈을 크게 뜨며 놀랐다.

자신이 너무 오버를 했던 것이 아닌가 하는 후회도 들었다.

하지만 뭔가 석연치 않은 느낌은 어쩔 수 없었다.

그 동안 최유진이 수현에게 보였던 반응들은 연애를 시작한 여자들이 보이던 반응과 비슷했기 때문이다.

지금도 두 번 다시 결혼을 하지 않겠다고 말을 하면서도 최유진의 두 눈은 심하게 흔들리고 있었다.

그것만 봐도 자신이 오해를 하고 있는 것은 아니란 생각을 하면서도 뭔가 자신이 놓치고 있는 것이 있는 것은 아닌가 다시 한 번 생각하게 만들었다.

"내가 오해를 했다면, 미안하다. 하지만 내가 걱정을 하지 않을 수도 없는 것이……."

이재명은 자신이 그런 오해를 하게 된 이유에 대해 최유진에게 설명을 하였다.

그런 이재명 사장의 이야기를 들은 최유진은 자신이 잘 숨겼다고 생각했던 것이 다른 사람이 보기에 얼마나 허술하게 보였는지 깨달았다.

그러면서 자신이 그 동안 했던 행동이나 말에 대해 되짚어 보았다.

그러면서 이재명 사장이 어떻게 자신도 몰랐던 내면을 알게 되었는지 알았다.

"그렇게 보일 수도 있었네요. 그게."

최유진은 한 동안 말을 하지 않고 고심을 하다 어렵게 대답을 하였다.

"아마도 제가 이혼 때문에 충격이 컸었나 봐요."

어렵게 이야기를 하는 최유진의 모습에 이재명의 표정이 어두워졌다.

최유진의 이혼에 이재명은 자신도 일말의 잘못이 있기에

미안한 마음을 금할 길이 없었다.

사실 이재명은 오래 전부터 최유진의 전남편이 외도를 하고 있다는 사실을 알고 있었다.

하지만 당시 최유진이 복귀를 준비하고 있는 단계였기에 괜한 구설수에 오르는 것을 막기 위해 이러한 사실을 숨겼다.

만약 그러한 사실이 알려진다면 그녀의 복귀도 더욱 늦어졌을 것이고, 또 어찌어찌 수습을 한다고 해도 최유진에 대한 부정적 이미지가 생긴 뒤이기에 그녀의 방송 복귀 성공 가능성을 점칠 수도 없었다.

그래서 숨겼는데, 스프링은 누르면 누를수록 더욱 반발이 세다고 했던가, 뒤늦게 남편의 외도 사실을 알게 된 최유진이 이렇게까지 힘들어 할 줄은 이재명으로서는 상상도 못했다.

그리고 최유진이 남편의 외도와 이혼을 통해 심리적으로 흔들린 상태에서 자신을 위기에서 지켜준 수현에게 의지를 하는 것이란 생각이 들자 더욱 미안해졌다.

"하, 미안하다. 진즉에 그런 사실을 알았다면 내가 좀 더 신경을 썼을 것인데……."

이재명은 고개를 숙이고 있는 최유진의 곁으로 다가가 어깨를 두드리며 위로를 하였다.

"잠시 스케줄 쉬면서 상담 좀 받아 보자!"

이재명이 보기에 최유진의 상태가 결코 정상적으로 보이지 않았다.

더 심해지기 전 전문 상담사와 상담을 통해 심리 치료를 하는 것이 좋겠다는 판단에 그렇게 제안을 하였다.

그런 이재명의 제안에 최유진은 잠시 이재명의 얼굴을 쳐다보다 조용히 고개를 끄덕였다.

그녀도 자신이 정상적인 심리 상태는 아니란 것을 깨닫고 있었다.

그러니 이재명 사장이 하는 제안을 굳이 거절할 필요는 없다는 판단에 동의를 한 것이다.

* * *

"컷!"

PD의 컷 소리가 울리고 역할에 맞게 연기를 하던 출연진들은 일제히 한숨을 쉬었다.

"어휴!"

툭! 툭!

일부 출연자들은 무대 한쪽을 보며 인상을 찡그리며 힘들다는 듯 어깨를 두들기는 이도 있었다.

실내 촬영장 분위기는 예능 프로그램 촬영자 같지 않게 무척이나 분위기가 좋지 못했다.

그도 그럴 것이 출연자 한 명이 계속해서 NG를 내고 있었기 때문이다.

처음 NG가 났을 때는 그래도 실수를 한 게스트가 주눅이 들지 않게 으샤으샤 하면서 촬영에 들어갔지만, 실수가 두 번, 세 번 반복이 되면서 NG가 늘어가자 출연자들의 표정이 점점 굳어져 갔다.

프로그램의 진행을 맡은 MC도 게스트의 계속된 실수에도 프로그램을 이끌어가기 위해 많은 노력을 하였다.

국민 MC라는 별명이 아깝지 않게 유재성은 실수를 하는 게스트를 잘 달래가며 어렵게 촬영을 마쳤다.

하지만 평소 4~5시간 이면 끝났을 촬영이 두 시간 가까이 늘어나다 보니, 출연진은 물론이고 촬영을 하는 스태프들까지 모두 지쳐 버렸다.

그러다 보니 현장의 분위기가 무척이나 좋지 못했다.

그런데 더 어처구니없는 것은 실수를 연발한 게스트의 매니저의 대처였다.

"늦었다. 어서 가자!"

김홍식은 막 촬영을 마친 최정아에게 소리쳤다.

대한민국 여성 아이돌 그룹 중에서 수위를 달리는 주얼스의 멤버인 최정아는 문화TV의 간판 예능인 인피니티 챌린지에 출연을 하게 되었다.

하지만 인기 그룹의 멤버이다 보니 그녀의 스케줄은 이것

하나만이 아니었다.

하루 1~2개는 기본이고 많을 때는 다섯 개가 넘어가는 스케줄을 할 때도 있었다.

데뷔 5년차인 그녀가 오늘 이렇게 NG를 많이 낸 것에는 요 근래 무리한 스케줄을 하는 바람에 체력이 많이 떨어진 때문이다.

인피니티 챌린지라는 예능 프로그램이 야외 버라이어티 프로그램이라 체력을 많이 요하는 예능인데, 무리한 스케줄 때문에 지쳐있는 그녀가 정상적으로 소화한다는 것은 사실상 무리였다.

그럼에도 그녀의 소속사인 MK 엔터에서는 소속 연예인의 체력은 생각지 않고 스케줄을 무리하게 섭외를 하였다.

"네, 알겠습니다."

최정아는 자신의 실수 때문에 계속해서 NG가 나던 촬영이 겨우 끝나자 출연진이나 촬영 스태프들에게 사과를 하려고 하였다.

하지만 매니저의 재촉에 어쩔 수 없이 대답을 하고 자리를 떠나야만 했다.

그런 그녀의 뒤로 아주 작은 소리가 들렸다.

"피곤하면 그냥 출연을 하지 말고 쉬던가? 왜 촬영에 나와서 다른 사람 피곤하게 만드는지……."

"야! 그만해! 듣겠다."

"들으면 들으라지. 내가 못할 말 했냐!"

"하긴, 아까 김PD님이 빠르게 조치하지 않았으면, 자칫 사고가 날 뻔하기도 했지."

막 촬영장을 빠져나가려던 최정아의 귓가에 들린 스태프의 대화 소리는 그대로 그녀의 가슴에 비수가 되어 꽂혔다.

'내가 실수를 하고 싶어서 했나!'

그녀는 울고만 싶었다.

하지만 그녀의 상황은 그런 생각에 젖어 있을 수가 없었다.

"아니 안 따라오고 뭐해! 뛰어!"

그녀의 앞서 걸어가던 매니저가 그녀를 돌아보며 호통을 쳤다.

"알았어요."

갑작스러운 큰소리에 사람들의 시선이 자신에게 쏠리자 최정아는 너무도 창피하였다.

그래서 바로 대답을 하고 빠르게 뛰었다.

"쯧쯧쯧!"

그런 그녀의 귓가로 혀 차는 소리가 들렸다.

하지만 그녀는 그 소리를 듣지 못한 것처럼 앞만 보고 달려갔다.

그럴수록 그녀의 행동에 대한 뒷말이 계속해서 터져 나왔다.

"주얼스의 멤버 정도면 매니저가 그룹 멤버를 저렇게 함부로 할 수 없을 건데, 무슨 약점이라도 잡혔나?"

급기야 촬영장을 벗어나는 그녀의 귀에 기획사에 약점이 잡힌 것은 아닌가 하는 이야기까지 들려왔다.

사실 그랬다. 최정아가 몸담고 있는 아이돌 그룹 주얼스 정도면 갑과 을의 관계가 역전이 되어 매니저라도 함부로 소속 멤버들을 함부로 다루지 않는다.

만약 재계약 시즌이 돌아왔을 때, 매니저 때문에 재계약을 하지 못하겠다고 말을 한다면 회사로써는 재계약을 위해서 매니저 교체 내지는 해고를 할 수도 있기 때문이다.

그런데 최정아의 매니저인 김홍식은 최정아를 마치 갓 데뷔한 아이돌을 다루듯 하고 있었다.

이미 데뷔 6년차로 접어드는 주얼스의 멤버인 최정아를 그렇게 다룬다는 것은 상식적으로 이해를 할 수 없는 대우다.

하지만 이것에는 다른 사람들이 모르는 내막이 있었다.

최정아는 주얼스에서 리더와 리드보컬의 자리에 있다.

하지만 그녀가 맡은 직책이나 파트에 비해 그룹 내 인지도나 멤버별 인기도는 썩 좋은 편이 아니다.

그러다 보니 주얼스를 담당하는 김홍식은 다른 인기 있는 멤버들을 대할 때와 주얼스 멤버 중 비 인기 멤버를 대하는 대우가 달랐다.

그런데 웃긴 것은 주얼스의 팬들도 그런 사실을 잘 알면서도 별 상관을 하지 않았다.

그도 그럴 것이 자신들이 좋아하는 멤버들은 그만한 대우를 받고 있으니 모른 척할 뿐이다.

다른 아이돌 그룹의 팬들과는 참으로 다른 반응이었지만, 주얼스 팬들은 다들 고개를 끄덕인다.

주얼스라는 아이돌 그룹이 가창력이나 댄스 실력 때문에 유명해진 그룹이 아니라 몇몇 멤버들이 외모 때문에 인기를 끄는 그룹이기 때문이다.

그런데 웃긴 것은 외모로 인기를 끄는 것은 데뷔 초나 가능하고 어느 정도 이미지를 소비하게 되면 점점 인기가 떨어지는 것이 일반적인 수순이다.

그럼에도 불구하고 주얼스의 경우 초기 몇몇 멤버의 외모가 화제가 되어 인지도를 높이더니, 어느 순간 광고에 출연해 화제가 되었다.

뿐만 아니라 드라마에 출연을 하는 등 인기 멤버들은 다양한 곳에서 활약을 하면서 주얼스의 주가를 끌어올렸다.

그러다 보니 인기가 있는 멤버와 그렇지 않은 멤버 간에 인지도는 하늘과 땅 만큼이나 차이가 났다.

그렇다고 최정아의 외모가 떨어지는 것은 아니다.

그저 그녀의 외모가 대한민국 여자 아이돌 외모 중 중간 정도는 되었지만, 그녀가 속한 주얼스 내에 여자 아이돌은 물론이고 여자 연예인 랭킹에서도 열 손가락 안에 들어갈 정도로 아름다운 미녀가 소속되어 있었기 때문에 그녀가 상대적으로 빛을 보지 못하는 것뿐이다.

더욱이 비교가 되는 미녀는 안타깝게도 그녀와 동갑이었다.

그러니 더욱 더 그녀와 비교가 되면서 아이돌 평균에 들어가는 외모에도 불구하고 그녀의 인지도는 그리 높지 못했다.

'언젠가는……'

촬영장을 빠져나가면서 뒤로 들리는 자신에 대한 험담을 뒤로하고 그녀는 속으로 다짐을 했다.

그러면서도 그녀는 자신의 앞에 뛰어가는 매니저를 보면서 눈을 새파랗게 빛냈다.

*　　　*　　　*

위잉!

이재명 사장과 면담을 마치고 나온 최유진은 엘리베이터가 도착을 하자 얼른 엘리베이터에 올라탔다.

'내가 사장님 말씀처럼 집착을 하는 것일까?'

수현의 일로 이재명을 사장을 찾았다가 듣게 된 말이 여간 신경이 쓰이는 것이 아니었다.

작년 술김에 벌어진 사고 이후 억지로 잡고 있던 결혼 생활을 청산했다.

　그때까지만 해도 최유진은 이혼에 대해 별다른 고민을 하지 않았다.

　자식들 때문에 이미 마음이 떠난 남자와 결혼 생활을 유지한다는 것이 여간 스트레스가 아니었는데, 술김이라고는 하지만 남편이 아닌 다른 남자와 잠자리를 하고 나니 남편에 대한 미련이 사라졌다.

　그래서 이혼을 결심하는데 어려움이 없었다.

　하지만 조금 전 이재명 사장과 이야기를 하다 보니 그 또한 정상적인 사고는 아니었다는 것을 깨달았다.

　그러면서 약간 불안해졌다.

　혹시나 자신이 정신적으로 문제가 있는 것은 아닌가 하는 생각이 자꾸만 맴돌았다.

　그러면서 또 다른 불안감이 가슴 깊은 곳에서 일어났다.

　그것은 바로 아이들에 대한 걱정이다.

　작년 이혼을 할 때까지만 해도 전남편은 자식들에 대한 양육권을 쉽게 포기했다.

　자신과 빠르게 이혼을 하기 위해 양육권을 포기했던 남편이 갑자기 양육권을 주장하기 시작한 것이다.

　하지만 이혼을 하면서 자신이 위자료 청구를 하지 않는 조건으로 양육권을 확보하였고, 또 이혼의 결정적 귀책이

전남편에 있는 관계로 그의 양육권 회복에 대한 주장은 법원에서 받아들여지지 않았다.

그렇지만 마냥 안심할 수는 없었다.

혹시나 이혼 전 수현과의 관계가 밝혀지거나 혹은 정신적으로 불안정하다는 것을 전남편이 알아내 법원에 소장을 넣게 되면 어떻게 바뀔지 모르는 일이었다.

그런 생각을 하자 더욱 더 유진의 마음은 불안정해졌다.

급격히 어두워진 표정으로 생각을 하던 그녀의 귀에 벨소리가 들렸다.

땡!

엘리베이터가 어느 세 목적지인 1층에 도착을 한 것이다.

"나 1층이다. 곧 나가니 정문에서 보자!"

엘리베이터에서 내린 유진은 매니저인 이소진에게 전화를 하였다.

자신이 이재명 사장과 면담을 하는 동안 이소진은 매니지먼트 팀에 가서 미뤄두었던 업무를 보고 있었다.

그런 그녀를 부른 것이다.

웅성! 웅성!

막 이소진과 통화를 마친 그녀가 현관으로 걸어갈 때, 현관 입구에서 사람들이 우르르 몰려들면서 작은 소음이 들렸다.

"어!"

밖으로 나가려던 유진은 안으로 들어오려던 일단의 무리 속에서 한 사람을 보고 자리에 멈췄다.

＊　　　＊　　　＊

오전 연습을 마치고 수현은 멤버들과 점심을 먹었다.

새해가 되면서 그가 속한 로열 가드는 정규 앨범과 컴백을 위해 막바지 연습을 하고 있었다.

그렇지만 수현은 다른 멤버들이 정규 앨범과 컴백에 모든 정성을 쏟는 것과 다르게 예능 프로그램에 출연을 하기 때문에 멤버들과 스케줄을 맞출 수가 없었다.

새벽과 저녁 시간에는 출연하는 예능 프로그램을 위해 파트너와 피겨 연습을 해야 했다.

그리고 그것이 아니더라도 수현을 찾는 스케줄은 많았다.

최대한 컴백을 위해 스케줄을 줄였음에도 불구하고 수현을 찾는 곳이 많아 어쩔 수가 없었다.

다행히 오늘은 피겨 연습 외에는 스케줄이 없어 멤버들과 안무를 맞춰 볼 수 있었다.

아무리 수현이 뛰어난 신체 능력을 가지고 있다고 해도 솔로가 아닌 그룹이기에 다른 사람과 안무를 맞춰야만 했다.

역시나 오전에 타이틀곡에 맞춰 안무를 맞춰 보았지만 약간 어긋났다.

연습에 자주 빠지다보니 다른 멤버들끼리는 어느 정도 안무가 맞았지만, 자신이 들어가면 살짝 박자가 맞지 않았다.

다행히 점심을 먹으러 가기 전 마지막으로 맞춰 본 것이 어느 정도 맞아 들어가 기분 좋게 점심을 먹을 수 있었다.

자신 때문에 고생을 한 동생들을 위해 수현이 소고기 뷔페를 쐈다.

로열 가드의 인기로 인해 동생들도 많은 돈을 정산 받았지만, 수현은 다른 멤버들과 스케줄이나 정산 비율도 더 높아 훨씬 많은 돈을 벌어 소고기 뷔페 정도는 몇 번이라도 먹여줄 수 있었다.

물론 다른 로열 가드 멤버들도 이러한 사실을 잘 알고 있지만, 그들도 수현에 비해 정산 받은 돈이 적다고는 해도 억대의 돈을 벌었다.

즉 마음만 먹으면 언제든 더 비싼 식사를 할 수 있었지만, 일단 공짜이지 않은가. 멤버들은 오랜만에 데뷔 전 연습실에서 연습을 하던 멤버들이 모두 모인 것에 고무되어 기분 좋게 점심을 먹었다.

그리고 심기일전을 하고 또 다시 오후 연습을 하기 위해 회사로 돌아온 것이다.

"거기서 내가 이렇게 들어가는 것이 더 멋있지 않아?"

오윤호는 데뷔 안무 중 자신이 돋보이는 파트가 적자 자

스타라이프

신이 등장하는 파트에서 좀 더 돋보이기 위해 안무 변경에 대한 아이디어를 냈다.

"야! 그럼 너만 너무 튀잖아! 기각!"

"왜?"

윤호의 제안이 있자마자 정수가 바로 기각을 하였다.

아닌 게 아니라 윤호의 말대로 안무를 변경하게 되면 윤호는 돋보일 수 있지만, 전체적인 균형이 무너지게 된다.

그런 것은 시도하지 않은 것보다 못한 결과를 가져오기에 이번 안무에는 써먹을 수 없었다.

더욱이 여러 명이 군무를 하는 것이기에 다음 안무 동작도 생각을 하면서 구성을 해야 하는데, 윤호는 욕심에 앞서 그런 것을 무시하여 아이디어를 냈기에 채택이 되지 않았다.

'어! 유진 누나네!'

막 회사 현관을 지나 로비로 들어서던 수현은 엘리베이터에서 내리는 최유진을 보았다.

'무슨 고민이 있나?'

수현이 발견한 최유진은 무슨 고민이 있는지 표정이 너무도 어두웠다.

'두근!'

어두운 표정의 최유진의 모습에 수현은 심장이 두근거렸다.

데뷔를 하고 몇 달 동안 그녀를 만날 시간이 없었다.

한때는 팬으로써 그녀를 좋아했었다.

그러다 인연이 되어 그녀의 경호원이 되어 위기에서 그녀를 구해주고 또 많이 친해져, 의남매가 되기도 했다.

그러다 그녀의 아픔과 고민을 알게 되어 그녀를 위로하던 중 그만 술기운에 사고를 치고 말았다.

이혼을 심각하게 고민을 하는 그녀를 위로하기 위해 술자리를 가졌는데, 그만… 다음날 정말이지 하늘이 무너지는 것 같은 충격에 빠졌었다.

아무리 술 때문이라도 그런 실수를 해서는 안 되는 것이었다.

아침이 밝고 그녀는 사고라며 모두 잊으라고 말을 했지만, 사실 수현으로서는 그때 일을 잊을 수가 없었다.

최유진과 그 일이 있기 전에도 수현이 여자를 접해보지 않은 것은 아니다.

오래 전 헤어졌지만 선혜와 사귈 때, 여자를 알게 되었다.

하지만 수현에게 첫 경험을 한 선혜도 깊게 새겨져 있지만, 최유진 또한 마찬가지다.

솔직히 수현에게는 최유진이 첫사랑이었다.

물론 최유진은 모르는 상황이고 혼자만의 짝사랑이다.

어린 나이에 TV 속에서 화려한 조명을 받으며 빛나던

그녀의 미모는 수현의 뇌리에 깊게 박혀 있었던 것이다.

그러니 아무리 사고였다고 하지만 수현은 아침 술기운이 날아가고 모든 것이 기억이 났다.

그러다 보니 그녀의 말처럼 쉽게 잊히지는 않았다.

아니 최유진이 사고였다고, 술 때문이라고 잊으라고 말을 하자 더욱 그 기억은 화인처럼 뇌리에 남았다.

더욱이 그 일이 있은 뒤로 최유진은 수현이 스타가 되기까지 많은 도움을 주었다.

데뷔곡 피처링을 해주는 것은 물론이고, 데뷔 무대도 굳이 나오지 않아도 되었지만, 출연을 해 힘을 북돋아 주었다.

뿐만 아니라 자신이 출연하는 예능 프로에 출연을 하여 방송 관계자들에게 수현에 대한 인지도를 높여주기도 했다.

그것에 힘입어 수현이 속한 그룹은 방송은 물론이고 가을 대학 축제와 기업들의 단합 대회까지 섭외가 되어 갓 데뷔를 한 신인 아이돌 그룹 치고는 엄청난 스케줄을 소화하기도 했다.

그 때문에 데뷔 초를 빼고 그녀를 만날 기회가 없었다.

만나게 되면 고맙다는 인사라도 해주고 싶었지만 수현은 물론이고 그녀 또한 스케줄 때문에 같은 소속사임에도 만날 기회가 없었는데, 오늘 그녀를 로비에서 보게 된 것이다.

"누나! 오랜만이에요."

수현은 빠른 걸음으로 최유진에게 다가가 인사를 하였다.

"선배님! 안녕하세요."

"안녕하세요."

수현에 이어 다른 로열 가드 멤버들도 최유진을 발견하고 얼른 뛰어가 그녀에게 인사를 하였다.

"그래, 반갑다."

최유진은 수현을 발견하고 어떻게 할까 잠시 멈칫하는 동안 수현이 자신을 발견하고 다가와 인사를 하는 모습에 다시 한 번 심장이 두근거렸다.

조금 전까지만 해도 걱정 때문에 고민을 하던 그녀였지만 밝은 미소로 자신에게 인사를 하는 수현의 모습을 보자 심장이 두근거리고 얼굴이 상기되었다.

마치 소녀적 감성을 다시 한 번 되새기듯 그녀는 두근거리는 심장을 주체할 수 없었다.

하지만 수현과 그녀는 많은 나이 차이를 가지고 있었다.

이재명 사장과 면담을 할 때까지만 해도 이런 것이 혹시 집착이 아닌가 하는 고민도 했으면서 주책없이 두근거리는 심장 때문에 최유진은 어떻게 반응을 해야 할지 갈피를 잡을 수가 없었다.

그 때문에 수현의 인사에도 반응이 살짝 늦었다.

뒤이어 로열 가드의 멤버들이 자신을 향해 인사를 해오는 것에 인사를 하다 보니 정작 가장 먼저 수현의 인사에는 답

례를 하지 못했다.

"먼저 가서 연습들 하고 있어! 난 누나와 잠깐 이야기 좀 하다 갈게!"

수현은 멤버들을 보며 지시를 하고는 최유진과 함께 다시 밖으로 나갔다.

"선배님! 다음에 뵙겠습니다."

로열 가드 멤버들은 수현과 함께 걸어가는 최유진에게 그렇게 인사를 하고 자신들에게 주어진 연습실로 걸어갔다.

*   *   *

킹덤 엔터를 나온 수현과 최유진은 회사 인근의 카페로 들어갔다.

회사 내에도 직원들을 위해 마련해 둔 휴게실과 간단한 음료를 먹을 수 있는 카페가 있었지만 두 사람은 편하게 이야기를 하기 위해 외부로 나왔다.

두 사람이 찾은 카페는 인근에 킹덤 엔터 외에도 다른 엔터테인먼트 회사들이 있어 연예인들과 팬들이 자주 찾는 곳이다 보니 연예인들의 프라이버시를 잘 지켜주는 곳이었다.

카페는 연예인들의 자유를 위해 따로 독립된 공간이 있었는데, 이곳은 일반인은 출입이 통제된 곳이라 인근 기획사에 소속된 연예인들은 물론이고 친구를 찾아온 멀리 떨어진 곳에 위치한 기획사 소속의 연예인도 자주 찾는 곳이다.

그 때문에 이곳은 음료는 물론이고 모든 판매 물품이 비쌌다.

하지만 연예인들에게는 그 정도 금액은 전혀 부담이 되지 않았다.

그런데 웃긴 것은 연예인들이 이곳을 자주 이용하는 것이 아님에도 카페는 성황이다.

그도 그럴 것이 카페 분위기도 물론 고급스러운 것도 있지만 가장 큰 이유는 카페를 찾는 주 고객이 바로 연예인을 보기 위해 모여든 팬들이기 때문이다.

자신이 좋아하는 연예인을 TV 화면이 아닌 직접 두 눈으로 보길 원하는 팬들은 많았다.

그들은 자신이 좋아하는 스타의 스케줄을 꿰어 자주 가는 카페가 음식점을 미리 예약을 하고 기다린다.

물론 그렇다고 매번 스타를 볼 수 있는 것은 아니지만, 그래도 여러 연예인들을 볼 수 있어 그것만으로도 그들은 만족을 한다.

그렇게 예약을 하고 소비를 하는 팬들 덕에 이곳 카페도 스타들을 위한 개별 공간을 만들어 놓음에도 불구하고 성황을 이루고 있다.

딸랑!

카페 문을 열고 들어가자 맑은 종소리가 울렸다.

"어서 오세요."

종소리가 울리기 무섭게 카페 직원은 손님을 맞기 위해 인사를 하였다.

"자리 빈곳 있나요?"

수현은 카페 직원을 보며 물었다.

"네, 2층 7번부터 12번 테이블까지 비어 있습니다."

직원은 모니터를 보며 대답을 하였다.

"그래요. 그럼… 누나, 음료는 뭘로 하실래요?"

자리로 가기 전 수현은 최유진을 돌아보며 물었다.

그런 수현의 물음에 최유진은 오렌지 주스를 부탁하였고, 수현은 오렌지 주스 두 잔을 주문하고 2층으로 올라갔다.

저벅! 저벅!

2층으로 올라온 수현과 최유진은 빈 테이블 중 조금 구석진 자리에 있는 7번 테이블에 앉았다.

"누나, 정말 오랜 만이네요."

수현은 조금 전 회사 로비에서 만났을 때처럼 다시 한 번 오랜만이란 인사를 하였다.

"그래, 네 가수 데뷔 이후로 못 봤으니… 세 달 정도 되었나?"

최유진은 수현의 말에 잠시 생각을 하다 대답을 하였다.

수현이 로열 가드라는 아이돌 그룹으로 데뷔를 할 때, 각 방송국 음악프로그램 첫방을 할 때 출연할 때 그리고 도전!

드림팀의 초대 공주로 출연을 하고 해가 바뀌었으니 세 달이 넘어가고 있었다.

"어떻게 지내셨어요?"

수현은 최유진을 보며 근황을 물었다.

"나야 화보 촬영과 기업 광고 몇 편 찍고 애들 육아 하며 지냈지. 그나저나 너도 이제 드라마나 영화 찍어야지."

최유진은 수현의 질문에 대답을 해주다 오늘 이재명 사장을 만났을 때 했던 이야기를 하였다.

사실 수현은 아이돌 가수가 아닌 연기쪽 데뷔를 준비하고 있었다.

애인이던 선혜와 헤어지게 된 것이 그녀의 아이돌 가수 데뷔 때문이라 생각했고, 또 가수가 된 뒤 다시 만난 그녀의 변한 모습을 보면서 아이돌 가수에 대한 선입견이 생겨 이쪽으로는 생각지 않았었다.

아니 아이돌 가수뿐만 아니라 연예계 쪽으로는 생각지도 않았지만, 군대 전역과 함께 꼬인 이상한 흐름 때문에 우여 곡절 끝에 연예계로 흘러들어오게 되었다.

유명 스타의 경호원으로, 그러다 모델로 다시 연기자 준비, 하지만 데뷔는 엉뚱하게 그렇게 싫어하던 아이돌 가수였다.

다시 생각해도 수현은 그렇게 싫어하던 아이돌 가수가 된 것만 생각하면 자신도 모르게 실소가 나왔다.

그 때문인지 최유진의 앞에서 자신도 모르게 씁쓸한 미소를 지었고, 최유진은 그런 수현의 표정을 보며 눈을 반짝였다.

"왜?"

"아니에요. 그냥 그렇게 싫어하던 아이돌 가수가 되어 있는 제가 웃겨서요."

수현의 대답에 최유진은 자신도 모르게 신음을 하였다.

그녀도 수현이 무엇 때문에 그런 말을 했는지 알고 있었기 때문이다.

자신의 경호원으로 계약을 했을 때, 우연히 매니저인 이소진과 하는 이야기를 들었다.

애인의 변심과 그 이유에 대해 들었고, 또 그 주인공이 자신도 잘 알고 있는 아이돌 그룹의 멤버라는 것을 들었을 대는 조금은 황당하기도 했다.

평소 그녀가 듣던 평판과 너무도 다른 이야기였기 때문이다.

그래서 처음에는 헤어진 연인의 성공에 악의적인 루머를 퍼뜨리려는 것은 아닌가 하는 생각도 했었지만, 많은 시간을 함께 하면서 수현이 결코 그런 망종이 아님을 알게 되면서 수현의 말을 믿기 시작했다.

그리고 뒤늦게 선혜에 대해 듣게 된 연예계 뒷이야기를 통해 최고의 여자 아이돌 그룹 주얼스의 멤버인 선혜가 전

형적인 가면을 쓴 연예인 이라는 것을 알게 되었다.

한때 자신의 계보를 잇는, 노래와 연기는 물론이고 춤까지 잘하는 만능 엔터테이너라는 이야기에 관심을 보였던 그녀였지만, 선혜의 인성을 뒤늦게 알게 되자 관심을 껐다.

"그것보다 누나 요즘 무슨 고민 있으세요? 아까 보니……."

수현은 이야기의 화제를 돌리기 위해 조금 전 로비에서 보았던 그녀의 안 좋은 표정을 떠올리며 물었다.

"어… 아니 그게……."

갑작스러운 수현의 질문에 최유진은 선뜻 대답을 하지 못했다.

회사를 나오기 전 이재명 사장과 이야기를 했던 것이 기억나 다시 표정이 어두워졌다.

자신의 이혼과 수현에 대한 생각 등 자신이 수현을 집착하는 것이 어떤 이유에서인지 아직 갈피를 잡지 못하고 있기에 질문에 대답을 하지 못하는 때문이다.

최유진이 질문에 대답을 하지 못하고 생각에 잠긴 모습에 수현도 뭔가 문제가 있다는 것을 깨달았다.

아시아의 여왕이라 불릴 정도로 최유진은 인기뿐만 아니라 성격 또한 화끈한 여자였다.

그녀가 아시아의 여왕이란 닉네임을 가지게 된 것은 그녀의 인기가 높아서만 그런 것이 아니라 정말로 남자 못지않은 카리스마와 추진력을 가졌기에 팬들이 그러한 닉네임을 붙인 것이다.

"하, 어떻게 이야기를 해야 할까?"

최유진은 한 참을 고민하다 힘겹게 입을 열었다.

그런 최유진의 대답에 수현은 살짝 긴장을 하였다.

오랜만에 만난 최유진이 뭔가 고민을 하는 것 같아 이야기를 들어주려고 하였는데, 생각보다 이야기가 심각해 보였기 때문이다.

"아무래도 나 정신적으로 문제가 좀 있는 것 같다."

'헉!'

너무도 충격적인 최유진의 말에 수현은 자신도 모르게 속으로 경악을 하면서 주변을 살폈다.

정신적인 문제라면 흔히 정신병을 떠올릴 수 있으며, 선진국에서야 별로 심각하게 받아들이지 않지만, 한국에서는 달랐다.

외국에서야 정신병은 스트레스에 의한 병으로 상담을 통해 충분히 치료가 가능한 현대 질병으로 분류하는 반면, 아직까지 한국에서는 정신병이라 하면, 그야말로 미친 사람을 떠올린다.

그 때문에 연예인으로써 그런 소문이 돌면 심각한 이미지 타격을 입을 수 있었다.

더욱이 최유진은 아시아의 여왕이란 타이틀을 가지고 있

는 대스타이지 않은가. 그러니 아무리 연예인의 사생활이 보장되는 장소라고 하지만, 누가 듣고 이를 악의적으로 퍼뜨린다면 심각해질 수 있었다.

"겉으로 드러나진 않았지만 작년 이혼한 것이 좀 후유증으로 남았나봐."

최유진은 별거 아니란 듯 말을 하지만 듣는 수현은 그렇지 않았다.

"사장님께서 당분간 스케줄 줄이고 의사와 상담 좀 해보자고 하네. 그래서 그런 거야."

자신의 상태를 담담히 이야기하는 최유진의 모습에 아낌없이 주는 나무처럼 자신을 도와주던 그녀의 모습과 지금의 담담한 표정으로 자신의 상태를 이야기하는 최유진의 모습이 오버 랩 되면서 수현은 최유진이 걱정이 되었다.

"하하! 내 문제야 뒤늦게라도 깨닫게 되었으니, 치료를 받으면 정상으로 돌아오겠지."

최유진은 수현이 자신을 걱정스러운 눈빛으로 쳐다보자 애써 크게 웃으며 이야기를 하였다.

"넌 나와 한 약속처럼, 가수만이 아니라 연기자로도 꼭 성공을 해야 한다."

수현의 두 눈을 똑바로 쳐다보며 최유진은 힘을 주듯 이야기를 하였다.

그러면서 혹시 이것 또한 자신의 집착이 아닌가 하는 생

스타라이트

각을 하게 되었다.

'하! 나이도 어린 아이에게 내가 너무 집착하는 것은 아닐까?'

최유진은 오늘따라 자신이 너무 기분이 업 다운이 심하다는 것을 깨달았다.

더 이상 수현과 오래 있다가는 또 어떻게 바뀔지 불안해진 최유진은 얼른 자리에서 일어났다.

"시간이 벌써 이렇게 되었네. 그만 일어나자!"

"네."

"연기 연습은 꾸준히 하고 있지?"

"네, 시간 쪼개서 열심히 하고 있어요."

"그래, 그럼 나중에 다시 보자."

최유진은 더 수현과 함께 있다가는 자신이 어떻게 될 것만 같은 기분에 얼른 작별 인사를 하고 자리를 떠났다.

급히 인사를 하고 나가는 최유진의 뒷모습을 보며 수현은 걱정스러운 마음을 금할 길이 없었다.

Chapter 8

생일 파티 초대

2월 1일, 로열 가드는 두 달간의 휴식기를 끝내고 컴백을 하였다.

그것도 몇 곡 수록되지 않은 미니 앨범이 아니라 열두 곡이나 수록되어 있는 정규 앨범을 가지고 나왔다.

2개월의 짧은 기간에 열두 곡이나 되는 정규 앨범을 제작한 것 때문에 항간에는 예전 가수들처럼 타이틀곡과 몇몇 핵심 곡 말고는 날림으로 숫자만 채운 그저 그런 앨범이 아닌가 하는 의혹이 일기도 했지만, 로열 가드의 노래를 들어 본 팬들은 그러한 생각을 바로 날려 버렸다.

작년 로열 가드가 데뷔를 할 때 느꼈던 충격만큼은 아니었지만, 이번 로열 가드의 정규 1집에 수록된 곡들은 모든 곡들이 주옥과도 같은 곡들이었다.

그 때문인지 로열 가드는 컴백과 함께 무척이나 바쁜 스케줄을 소화해야만 했다.

*　　　*　　　*

로열 가드의 매니저인 전창걸은 이른 새벽에 자신이 담당하는 로열 가드의 숙소로 찾아왔다.

삑! 삑! 삑!

띠리리!

딸깍!

전자 도어 록의 비밀번호를 누르고 문이 열리자 숙소 안으로 들어갔다.

오늘은 일요일이라 로열 가드의 스케줄은 없었지만, 로열 가드의 리더 수현의 개인 스케줄이 있어 새벽부터 그를 픽업하러 숙소로 찾아온 것이다.

딸깍!

막 수현의 방으로 가려던 전창걸은 화장실 문이 열리는 소리에 누군가 하고 시선을 돌렸다.

"어? 실장님 오셨어요."

화장실 문을 열고 나오는 사람은 바로 로열 가드의 리더 수현이었다.

로열 가드는 어제 저녁 늦게까지 스케줄을 하고 새벽에 숙소로 돌아왔다.

그 때문에 다른 멤버들은 모두 잠에 곯아 떨어졌는데, 수현은 새벽부터 있는 스케줄 때문에 잠을 얼마 자지 못하고 오늘 스케줄을 준비해야만 했다.

"좀 잤냐?"

화장실에서 나온 것이 수현임을 깨달은 전창걸은 수현을 보며 물었다.

"뭐 어쩌겠어요."

매니저의 질문에 수현은 어깨를 으쓱이며 대답을 하였다.

"잠시만 기다려주세요. 옷 입고 나올게요."

"그래, 그럼 옷 입고 나와라! 난 내려가서 시동 걸고 기다릴 테니."

전창걸은 수현의 대답을 듣기도 전에 자신의 할 말만 남기고 밖으로 나갔다.

사실 그는 혹시나 어제 늦은 스케줄 때문에 수현이 아직 일어나지 않았을 수도 있다는 생각에 로열 가드의 숙소로 올라온 것이다.

하지만 역시나 책임감이 강한 수현은 어제 늦게 들어와 피곤함에도 불구하고 스케줄을 위해 벌써 일어나 있었다.

숙소 입구에 차의 시동을 걸고 대기를 하기를 5분, 수현이 가벼운 트레이닝복을 입고 어깨에는 스포츠 백을 메고 나왔다.

전창걸은 얼른 운전석에서 내려 수현에게서 가방을 받았다.

드르륵! 텅!

차문이 열리고 가방을 한 쪽에 놓고 수현이 자리에 올랐다.

수현이 차에 올라타고 전창걸은 다시 운전석으로 돌아왔다.

"허기질 테니 일단 받아라!"

전창걸은 아내가 싸준 샌드위치 도시락 하나를 수현에게 주었다.

"뭐에요?"

도시락을 받아든 수현은 전창걸에게 이게 뭔지 물었다.

"응, 와이프가 내가 아침도 못 먹고 나가는 것이 불쌍했는지, 도시락을 싸더라. 그래서 이왕 싸는 것 네 것까지 싸왔다."

전창걸은 별거 아니란 듯 이야기를 했지만, 샌드위치 도시락을 받은, 수현은 그렇지 않았다.

솔직히 자신의 남편 도시락이야 그럴 수 있다고 하지만, 설마 자신의 것 까지 싸줬다는 이야기에 감동을 하였다.

"하하, 잘 먹겠습니다."

그렇지 않아도 늦게까지 스케줄을 끝내고 새벽에 들어와 몇 시간 잠도 자지 못하고 나온 것 때문에 무척이나 허기가 졌다.

그렇다고 이른 새벽에 문을 연 가게를 찾아 아침을 먹기에는 앞으로 있을 스케줄에 무리가 갔다.

지금 수현은 오늘 있을 김은하의 키스&크라이 촬영을 가는 중이다.

본격적인 촬영은 오후가 되어야 하지만, 그 전에 파트너와 만나 최종 연습을 해야 했다.

자신이 연예인이다 보니 스케줄 때문에 파트너와 시간을 맞춰 연습을 할 시간이 무척이나 부족하다.

그런데 설상가상 로열 가드가 컴백 전에도 자신의 스케줄 때문에 연습 시간이 부족했는데, 컴백을 하자 늘어난 스케줄 때문에 더욱 합동 연습을 할 시간이 부족해졌다.

그렇다고 수현이 연습을 게을리 한 것은 아니다.

부족한 시간을 쪼개 스케이팅 연습을 하였지만, 피겨 스케이트의 한 종목인 페어는 혼자 할 수 있는 아니었다.

남녀 두 사람이 한 조가 되어 피겨 스케이팅을 하지만 두 사람은 통일된 활동을 하며 개인 경기와 같은 느낌을 주어야 한다.

더욱이 페어 종목에는 리프트와 같은 두 사람의 호흡이 무척이나 중요한 기술이 있는데, 자칫 호흡이 맞지 않으면 큰 사고로 이어질 수도 있기에 다른 어떤 것 보다 호흡이 중요하다.

이런 호흡을 맞추는 것에는 두 사람이 꾸준히 연습을 하는 것밖에 방법이 없지만, 수현이 전문 피겨 선수가 아니기에 스케줄을 맞춰 연습을 할 기회가 적었다.

그래서 저번 중간 점검 때 수현은 피겨 실력에도 불구하고 파트너와 호흡이 맞지 않아 무척이나 낮은 점수를 받았다.

더욱이 리프트 같은 경우 두 개를 준비했지만 두 개 모두 실패를 하였다.

그 때문에 자칫 파트너가 큰 부상을 당할 뻔했는데, 다행히 뛰어난 순발력 때문에 사고가 일어나기 전 몸으로 파트너를 감싸며 사고가 나는 것을 막았다.

하지만 그 때문에 겉으로 들어나진 않았지만 살짝 부상을 입기도 했다.

그러니 오늘 최종 리허설이 무척이나 중요했다.

막말로 수현은 이렇게 이른 시간에 숙소를 나서는 것은 스케줄 때문에 하지 못했던 숙제를 몰아서 하는 기분으로 파트너와 약속을 잡아 이른 시간에 잠실에 있는 스케이트장으로 향하는 것이다.

*   *   *

영화 캐리비안의 O.S.T가 웅장하게 흐르고 음악에 맞춰 아름다운 무대 의상을 입은 남녀가 은반 위를 활주를 하고 있다.

와아! 와아!

음악에 맞춰 활주를 하던 수현은 파트너인 클라우디아를 번쩍 안아들었다.

평지에서도 하기 힘든 리프트를 스케이트를 하면서 시도를 한 것이다.

더욱이 이번 기술은 중간 점검 때 실패를 했던 기술로써 자칫 잘못 했다가는 파트너인 클라우디아가 다칠 수도 있는 기술이었기에 수현은 정신을 집중해 그녀를 안고 중심을 잡는데 모든 정신을 집중했다.

그 때문에 살짝 박자를 놓치기는 했지만, 수현은 안정적으로 그녀를 안고 리프트 기술을 성공시켰다.

그런데 수현과 클라우디아는 그것에 그치지 않고 연결을 하여 로테이션 리프트를 시도하였다.

한 발을 굽혀 한 손으로 스케이트 날을 잡은 클라우디아, 그에 반해 그녀를 떠받치고 있는 수현은 양팔을 펼쳐 몸으로 그녀를 받쳐 중심을 잡아야만 하기에 보기에는 무척이나 아름다워 보이는 기술이었지만 이 또한 상당히 위험한 기술이다.

그 때문에 캐리비안 리프트가 시도했을 때보다 이번 로테이션 리프트를 성공했을 때, 더욱 커다란 함성이 객석에서 터져 나왔다.

와아! 휘익!

관객들의 함성에 힘이난 것인지 로테이션 리프트를 풀고 빙판으로 내려온 클라우디아 그리고 수현은 또다시 페어 스케이팅 기술을 선보였는데, 이번에는 보기에도 아름다운 카멜 스핀을 선보였다.

두 사람이 마주보며 한쪽 다리를 T자로 엇갈려 회전을 하는 모습은 음악과 어우러져 연못위에 떠 있는 연꽃을 보는 듯했다.

빠밤!

어느 덧 영화 O.S.T는 절정을 지나 종장에 이르렀다.

수현과 클라우디아는 마지막으로 페어 스케이트의 한 기술인 데스 스파이럴을 하였다.

클라우디아의 한 손을 잡고 크게 원을 그리듯 회전을 하는 그 기술은 페어 스케이트의 모든 기술이 그렇듯 보기에는 쉬워 보이지만 이름에서도 알 수 있듯 이 또한 무척이나 위험한 기술이다.

파트너인 여성이 전적으로 남자 파트너를 믿고 몸을 맡겨야 하기에 두 사람의 호흡이 맞지 않으면 여성 파트너가 부상을 당할 위험이 큰 기술이었다.

스타일라이프

그럼에도 클라우디아는 수현을 믿고 몸을 맡겼고, 수현은 그런 클라우디아의 믿음에 보답을 하듯 완벽하게 기술을 성공시켰다.

와아! 휘! 휘!

데스 스파이럴이 멈추고 클라우디아는 차가운 빙판에 누워 마지막 포즈를 취했고, 수현도 그런 클라우디아를 위에서 내려다보는 듯한 자세로 마무리를 하였다.

팡! 팡!

두 사람의 연기가 끝나자 주변에서 준비되었던 폭죽이 이들의 화려한 무대를 축하를 하듯 터졌고, 그에 맞춰 객석에서 구경을 하던 팬들이 일제히 일어나 박수를 치며 환호했다.

"아주 잘 봤습니다. 중간 점검 때는 실패를 했던, 그… 기술 이름이 무엇이었죠?"

수현과 클라우디아의 무대가 끝나고 진행을 맡은 MC 신동영이 진행을 하다 기술 이름을 까먹어 버벅거렸다.

"캐리비안 리프트요."

신동영이 실수를 하자 채점 석에 앉아 있던 김은하 선수가 얼른 기술 명칭을 알려주었다.

"감사합니다. 그렇습니다. 캐리비안 리프트… 중간 점검 때는 실수를 하여 실패를 했는데, 오늘은 성공을 했습니다. 그리고 연결 동작으로 예……."

"로테이션 리프트!"

또 다시 진행을 하다 멈춘 신동영을 위해 김은하 선수가 기술 명칭을 알려주었다.

"감사합니다. 여왕님! 하하!"

휘이이! 휘이!

신동영은 스케이트 기술의 이름을 제대로 숙지하지 못한 자신의 실수를 김은하 선수가 얼른 가르쳐주자 감사 인사를 하면서 또 개그맨답게 순발력 있게 대처를 하였다.

그런 신동영의 모습에 이를 지켜보던 팬들은 더욱 환호를 보냈다.

"네, 그나저나 중간 점검 때와는 확연히 다른 무대였습니다. 혹시 중간 점검 때 다른 팀들의 견제를 피하기 위해 일부러 실수를 한 것은 아닙니까?"

"그건 아닙니다. 사실……."

수현은 신동영의 질문에 얼른 변명을 하였다.

"제 스케줄 때문에 클라우디아와 연습을 제대로 하지 못해 그때는 많은 실수를 했습니다."

변명을 하던 수현은 파트너인 클라우디아를 쳐다보며 미안한 표정을 지었다.

국가대표 상비군인 그녀에게 연습 파트너인 자신이 다른 스케줄 때문에 연습을 빠지는 것이 얼마나 많은 결례인지 너무도 잘 알고 있기 때문이다.

방송을 위해 자신의 개인 연습을 뒤로하고 스케줄을 조정하는 클라우디아인데, 자신은 다른 스케줄로 지방이다 외국이다 공연을 하는 바람에 자주 만나 연습을 하지 못했었다.

다행히 오늘은 본 촬영 들어가기 전까지 새벽부터 연습을 하였기에 큰 실수 없이 무대를 끝마칠 수 있었다.

"네, 알겠습니다. 중간 점검 때야 실수가 있었지만 본 공연에서는 아주 완벽한 무대를 보여준 두 사람에게 박수를 보내주시기 바랍니다."

신동영은 수현과 클라우디아가 공연을 마치고 아직도 숨을 크게 내쉬며 힘들어 하는 모습을 보다 얼른 마무리 멘트를 하였다.

"정수현, 클라우디아 조의 키스&크라이 점수는 몇 점인가요?"

전문가인 빙상 협회 이사와 김은하 선수 그리고 그녀의 안무 코치와 연예인 김정훈이 낸 점수를 합친 최종 점수가 전광판 위에 나왔다.

수현과 클라우디아의 키스&크라이 점수는 39.1의 무척이나 높은 점수를 받았다.

앞선 최고 점수를 받은 수정&이동훈 조보다 0.7점이나 높은 점수를 받은 것이다.

이리하여 수현과 클라우디아 조는 이번 라운드에서 최고 점수를 받으며 1위를 하였다.

하지만 수현은 다음 라운드에 진출을 할 수는 없었다.

원칙대로라면 1위를 하였기에 다음 라운드에 진출을 하는 것이 맞았지만, 다음 주에 해외 공연 스케줄이 잡혀 있는 관계로 촬영에 임할 수 없어 어쩔 도리가 없었다.

이러한 소식이 전해지면서 객석에서 많은 아쉬움 담긴 팬들의 목소리가 들리긴 하였지만, 연예인으로서 어쩔 도리가 없는 일이었다.

그리고 이러한 소식이 MC인 신동영의 입을 통해 전달이 될 때, 수현은 물론이고 파트너인 클라우디아도 무척이나 아쉬운 마음이 들었다.

특히나 아직 16살의 어린 나이인 클라우디아는 큰오빠같이 든든한 수현과 더 이상 만나지 못한다는 것이 너무도 아쉬웠다.

*　　　　*　　　　*

촬영이 모두 끝나고 밖으로 나오니 어느 세 해는 서편으로 사라지고 하늘에는 별이 총총히 떠 있었다.

"시간 되는 사람들은 저녁이나 함께 하고 가시죠."

수현은 오늘이 키스&크라이 촬영 마지막 날이라 아쉬운 마음에 출연진들을 보며 이야기하였다.

"이런 어쩌지 난 스케줄이 있는데……."

출연진들 중 가장 맏이인 신동영이 아쉬운 마음을 담아 말을 흐렸다.

"아! 스케줄이 있으시면 어쩔 수 없죠. 그럼 형님은 다음에 자리를 마련할게요."

한 달이 넘게 한 프로에서 얼굴을 마주하다보니 어느 세 출연자들은 나이순으로 형님 혹은 누나 오빠가 되어 있었다.

"식당은 제가 예약을 했으니 그곳으로 오세요."

스케줄이 있는 신동영을 비롯한 몇 명이 먼저 자리를 떠나고, 남은 출연자들과 스태프들에게 알린 수현은 매니저인 전창걸을 따라 주차장으로 갔다.

김은하의 키스&크라이에 출연한 출연자들은 수현과의 작별이 아쉬운지 많은 사람들이 저녁 초대에 참석을 하였다.

*   *   *

"넌 피곤하지도 않냐?"

키스&크라이 팀과 저녁을 마치고 돌아오는 길에 매니저인 전창걸은 수현을 보며 물었다.

"별로요."

일반 사람들과는 엄청난 차이를 가진 스탯을 보유한 수현이기에 비록 데뷔 이후 지금까지 쉼 없이 달려왔지만 별로 피곤함을 느끼지 않았다.

하지만 수현의 대답을 들은 전창걸은 그 말을 곧이곧대로 들을 수는 없었다.

그도 그럴 것이 로열 가드는 작년 9월에 데뷔를 하고 엄청난 스케줄을 소화를 해야만 했다.

원칙대로라면 갓 데뷔를 한 신인 그룹이 그렇게 바쁜 스케줄을 갖지 않기 때문이다.

그렇지만 로열 가드는 일반 아이돌 그룹이 데뷔를 하는 것처럼 데뷔를 한 것이 아니다.

무려 아시아의 여왕 최유진이 피처링을 하고, 데뷔 무대까지 함께 올라 데뷔를 도와준 그룹이다.

그러다 보니 로열 가드는 일반 신인 아이돌 그룹과는 다른 인지도를 얻었다.

더욱이 대학 축제기간까지 겹치면서 로열 가드를 찾는 곳은 너무도 많았고, 특히나 리더인 수현은 아이돌로 데뷔를 하기 전부터 모델로써 어느 정도 인지도를 쌓고 있던 상태였기에 대학 축제는 물론이고 기업의 단합 대회 등에도 불려 다녔다.

다행히 다른 멤버들이 퍼지기 전 활동을 접고 두 달의 휴식기를 가졌지만 수현은 그렇지도 못했다.

다른 멤버들이 정규 앨범을 준비하려고 회사에서 연습을 할 때, 수현은 계속해서 스케줄을 해야만 했다.

오늘로써 출연이 끝난 김은하의 키스&크라이는 물론이고 간간히 사진 모델 의뢰도 수행을 하였다.

사진 모델을 한 이유는 처음 수현의 가능성을 알아본 김영만과의 인연 때문이다.

김영만이 작품 전시회를 한다고 하면서 수현에게 도움을 요청한 것이다.

어떻게 보면 수현은 김영만 때문에 연예계에 쉽게 적응을 할 수 있었다고 할 수 있기에 바쁜 와중에도 시간을 내서 모델이 되어 주었다.

그런데 고마운 마음에 도움을 주기 위해 모델이 되어준 것인데, 그게 또 복이 되어 돌아와 새로운 광고 계약을 맺게 되어 수현은 몸이 두 개여도 힘들 스케줄을 하게 되었다.

그리고 그런 속에서 로열 가드의 컴백 준비와 키스&크라이 촬영을 하였다.

그러니 매니저인 전창걸로써는 로열 가드의 리더인 수현이 과로로 쓰러지는 것은 아닌가 하는 걱정을 하지 않을 수 없었다.

더욱이 로열 가드의 팬들 아니 수현의 팬들 중에는 킹덤 엔터에서 수현을 너무 혹사시키는 것이 아닌가 의혹을 제기하는 사람이 한둘이 아니다.

그리고 일부 극성 팬 중에는 로열 가드의 매니저인 전창걸에게 협박 편지를 보내는 이도 있었다.

다른 사람도 아니고 로열 가드의 팬이 로열 가드의 전담 매니저인 자신을 협박한다는 것이 얼마나 황당한 일인가. 하지만 전창걸은 이게 그저 황당하고 또 허황되다고만 판단할 수도 없는 것이, 실제로 자신을 향한 테러의 조짐을 몇 차례 느꼈다.

물론 신체적인 테러는 아니었지만, 자칫 방심을 했다가는 큰 사고로 이어질 수도 있던 사건이 있기도 했다.

그게 무슨 소린가 하면 로열 가드 전용 밴의 타이어가 펑크가 난 사건이다.

수현을 혹사시킨다면서 펑크난 타이어에 경고 메시지를 남겨둔 일이 있었던 것이다.

다행히 주행 전에 발견하고 바로 타이어를 교체를 하였기에 추가 사고는 나지 않았다.

그 사건 이후 전창걸은 최대한 수현의 스케줄을 줄이기 위해 회사에 건의를 하였지만, 마침 로열 가드의 컴백과 맞물려 수현의 스케줄은 줄어들기는커녕 더욱 늘어나 버렸다.

그러니 수현은 오늘 하나의 큰 스케줄이 끝났다고는 하지만 수현을 걱정하지 않을 수 없었다.

"혹시 모르니 건강검진 한 번 받자!"

안 되겠다 생각한 전창걸은 건강검진을 받기를 원했다.

"아니, 전 아무런 이상 없어요."

하지만 수현은 전창걸의 마음도 생각지 않고 거절을 하였다.

혹시라도 건강검진을 받다 자신의 특별한 신체의 비밀이 알려지면 어떤 일이 벌어질지 모르기 때문에 거절을 한 것이다.

"하지만……."

"괜찮다니까요. 제가 힘들 것 같으면 실장님께 말씀 드릴게요."

거듭된 수현의 거부에 전창걸도 더 이상 건강검진을 권하지는 못했다.

다만 속으로 사장인 이재명에게 자신의 생각을 전달하고 조치를 받아야 하겠다는 생각을 하였다.

*   *   *

호산 미술관 관장 최유라는 아침 미술관으로 출근을 하여 자신의 집무실에 들어서며 비서를 호출을 하였다.

"인영 씨! 잠시 들어와 봐!"

옷걸이에 코트를 걸며 비서인 황인영을 부른 최유라는 오늘 아침 출근 전 딸아이가 한 말을 기억했다.

"엄마! 전에 내가 부탁한 것은 어떻게 됐어?"

"뭐?"

"뭐야! 엄마 전에 내가 한 부탁 까먹은 거야?!"

미영은 이야기를 하다 말고 섭섭한 마음에 엄마인 최유라를 째려보았다.

그런 미영의 모습에 최유라는 무척이나 당황하였다.

평소 미술관 일로 바빠 딸을 잘 챙겨주지도 못하였는데도 불구하고 미영은 무척이나 밝고 바르게 자랐다.

그 때문에 최유라는 더욱 딸인 미영에게 미안했다.

하지만 딸에게 신경을 쓰지 못한 최유라도 사실 할 말이 없는 것이 아니었다.

그녀의 남편은 한량으로, 가족을 돌보는 일에는 전혀 관심이 없었다.

원래부터 남편과의 결혼은 집안끼리 필요에 의해 중매 결혼을 하였다.

그나마 결혼 초에는 남편이 어느 정도 가정에 관심을 두었지만 미영이 태어나고 난 뒤로는 전혀 가정에 마음을 두지 않고 총각 때 그랬듯 밖으로만 돌았다.

아니 그 정도면 최유라도 원래 사랑이 없이 중매로 결혼을 했었기에 그러려니 할 테지만, 남편은 딸아이가 태어난 뒤, 외도를 하기 시작했다.

아니다. 남편의 외도는 그 이전부터 있었다.

다만 딸인 미영을 임신하고 관계가 소원해지면서 그 정도가 심해져 본격적으로 밖으로 돌았다.

처음에는 싸우기도 하고, 또 시댁에 도움을 청하기도 했지만 그때마다 돌아오는 것은 남자가 사회생활을 하다보면 그럴 수 있다는 말뿐이었다.

오히려 남편의 사회생활을 이해하지 못하는 여자로 손가락질을 받았다.

그때부터였다. 최유라가 남편이나 시댁에 대한 기대를 접은 것이 말이다.

그 뒤로 최유라는 자신에게 맡겨진 호산 미술관 관장 자리에 집착을 하였다.

유학시절 미술을 전공을 하고 석사 학위도 받은 그녀는 큐레이터로서도 경력이 상당해, 다른 미술관에 비해 명성이 떨어지던 호산 미술관의 관장의 자리에 오르면서 자신의 전공을 살려 호산 미술관을 알리는데 노력을 하였고, 오랜 시간이 걸려 국내 최고의 사립 미술관이란 명성을 얻었다.

그러는 동안 딸 미영에게는 미안하지만 엄마의 역할을 해주지 못했다.

다행히 집은 시댁이나 자신의 집도 상당한 부와 지위를 가진 집안이었기에 보모와 집사가 충분히 역할을 해주어 엇나가지 않고 잘 컸다.

평소 자신에게 별다른 부탁을 하지 않던 딸이 어느 날 갑자기 부탁이라며 연예인을 자신의 생일에 초대를 해달라는 부탁을 해왔다.

당시 미술관에 중요한 전시회 일정이 잡혀 정신이 없던 관계로 그냥 흘려들었다.

그런데 그게 지금 사단이 났다.

"아! 미안, 엄마가 정신이 없어 잊어버렸네!"

겨우 연예인을 생일 파티에 초대를 하는 것이기에 최유라는 별 거 아니라 생각하며 가볍게 사과를 했다.

하지만 딸의 반응은 그녀의 생각보다 심각했다.

"엄마는 언제나 그랬어! 내겐 관심도 하나 없이 일이 전부지! 이럴 거면 날 왜 낳은 거야!"

지금까지 한 번도 보여주지 않던 강렬한 딸의 반응에 최유라는 순간 할 말을 잊었다.

바로 출근을 해야 함에도 최유라는 놀란 가슴을 억지로 진정시키면 딸을 지켜보았다.

그리고 정신을 차린 그녀는 얼른 딸을 끌어안으며 사과를 하였다.

"알았어! 엄마가 잘못했어! 엄마가 무슨 수를 써서라도 내 생일 파티에 그 사람 데려갈게!"

그냥 흥분하는 딸을 그냥 두었다가는 미영이 까무러칠지도 모른다는 생각에 얼른 사과를 하며 진정을 시켰다.

그러자 언제 그랬냐는 듯 흥분해 고함을 지르며 마구 발광을 하던 딸은 진정을 하였다.

"정말이지?"

"그래, 엄마가 무슨 수를 쓰던 데리고 간다니까!"

"알았어! 그럼 친구들에게는 엄마 말대로 그 사람이 온다고 말한다."

"그래, 알았다."

"헤헤, 엄마! 미안! 조심히 다녀오세요."

참으로 변화무쌍한 딸의 변화에 최유라는 한 순간 갈피를 잡을 수가 없었다.

오늘 아침 출근 전 현관 앞에서 있었던 딸과의 일을 생각하던 최유라는 고개를 들다 깜짝 놀랐다.

언제 들어왔는지 비서인 황인영이 자신의 앞에 서 있는 것이었다.

"언제 왔어요? 왔으면 인기척을 내야죠."

자신이 당황한 것을 숨기기 위해 괜히 비서인 황인영에게 화를 냈다.

하지만 황인영은 너무도 억울했다.

불러서 왔는데, 자신이 인기척을 내도 무언가 생각에 잠겨 자신이 내는 소리를 듣지 못하였다.

그럼에도 황인영을 성을 내는 최유라에게 사과를 할 수밖에 없었다.

그녀는 최유라의 비서인 관계로 어쩔 도리가 없었다.

여기서 자신이 변명을 하면 속이야 시원하겠지만, 앞으로 직장 생활을 하는데 무척이나 힘들어질 것이 빤하지 않은가?

"놀라셨다면 죄송합니다."

"아니에요."

황인영인 사과를 하자 최유라도 자신이 잘못한 것이란 것을 알기에 더 이상 그 이야기를 하지 않고 주제를 바꿨다.

"인영 씨, 혹시 정수현이 누군지 알고 있나요?"

"정수현이요?"

"응, 연예인이라는 것 같던데."

"아! 그 정수현이요."

최유라는 비서인 황인영이 정수현이란 연예인을 알고 있는 듯하자 눈을 크게 뜨며 반응을 보였다.

"알고 있나요?"

"네, 그 정수현이라면 잘 알고 있습니다."

인영은 개인적으로 친분이 있거나 그런 것은 아니지만 연예인 정수현, 남자 아이돌 그룹 로열 가드의 리더 수현에 관해선 잘 알고 있었다.

그도 그럴 것이 인영은 로열 가드의 리더 수현의 개인 팬클럽인 '수현사랑'의 회원이었다.

정식 팬클럽은 아니고 최유진의 팬클럽인 기사단 회원들 중 일부 여성 회원들이 만든 비밀 팬클럽이다.

이는 수현이 최유진의 팬클럽인 기사단 출신이라는 것이 알려지면서 기사단 내 여성 회원들이 수현을 응원하기 위해 만든 것인데, 솔직히 최유진의 팬클럽 회원이다 보니 대체로 연령대가 높았다.

그러니 대놓고 로열 가드나 수현에게 덕질을 할 수는 없어 비밀 팬클럽을 만든 것이다.

아무튼 그런 관계로 수현 개인에 대한 정보는 상당히 알고 있는 편이다.

"연예인이라는 것은 알겠는데, 뭐하는 사람이야? 영화배우야?"

최유라는 미술관 관장으로서 일하면서 그나마 알고 있는 유명 영화 배우 몇 명이 있어 일말의 기대감을 가지고 물어보았다.

"아닙니다. 수현 씨는 아이돌 가수입니다."

"아이돌 가수?"

최유라는 딸이 자신의 생일 파티에 초대를 하고 싶어 하는 연예인이 겨우 아이돌 가수라는 소리에 살짝 미간을 찌푸렸다.

하지만 딸이 좋아 하는 연예인이라고 하니 어쩔 수 없었다.

"혹시 그 사람을 오늘 있는 미영이 생일 파티에 데려올 수 있나요?"

마음에 들지는 않지만 딸과 약속을 했으니 약속을 지켜야만 했다.

"그게… 장담을 할 수 없습니다."

인영은 최유라의 지시를 듣고 표정이 굳으며 대답을 했다.

로열 가드가 비록 대한민국 최고의 남자 아이돌 그룹은 아니라고 하지만, 데뷔에서부터 리더인 수현의 활약으로 아이돌 그룹 중에서 상위에 들어가는 인지도를 가지고 있었다.

그 때문에 로열 가드를 섭외하기 위해서는 최소 한 달 이전에 섭외를 해야만 했다.

그런데 일주일도 아니고 바로 당일 부르라는 말은 갓 데뷔를 한 신인 아이돌로 스케줄이 별로 없는 이들 말고는 실현이 불가능한 지시다.

비록 계통이 다르다고 하지만 미술관 관장인 최유라도 이를 알 것인데, 이러한 지시를 내리는 것을 보면 자신이 말한 수현이 얼마나 유명한 유명인사인지 알지 못하기에 그러한 지시를 내리는 것이란 생각이 들어 인영은 상급자인 최유라에게 수현에 대해 좀 알려줘야 할 것 같다는 생각을 하였다.

"관장님! 오늘 당장 그를 부르는 것은 불가능한 일입니다."

"불가능?"

불가능하다는 인영의 말에 최유라의 목소리가 살짝 올라 갔다.

"잠시만⋯⋯."

인영은 최유라가 화를 내려고 하는 것을 느끼고 얼른 테 이블 위에 놓인 노트북을 조작하기 시작했다.

그리고 수현에 대한 창을 띄워 그것을 보여주었다.

"여길 봐주십시오."

막 자신의 노트북으로 뭔가를 하는 인영의 모습에 무슨 짓이냐며 고함을 지르려던 최유라는 인영이 넘겨주는 노트 북 화면을 볼 수밖에 없었다.

그리고 그곳에는 수현에 대한 프로필과 간단한 정보가 보 였다.

'어!'

노트북에 나온 수현의 프로필을 읽던 최유라의 눈이 커졌 다.

연예인이라 그런지 일단 마스크가 상당했다.

그렇다고 요즘 말하는 꽃미남은 아니었지만, 상당히 남자 답게 생긴 미남이었다.

그리고 연관 정보로 몇 개의 스틸 샷이 보였는데, 그 사 진은 바로 수현이 도전! 드림팀에 출연을 할 때 찍힌 사진 들이었다.

장애물을 넘고, 물에 젖어 얇은 티셔츠가 몸에 딱 달라붙어 있어 신체의 굴곡이 그대로 들어나는 사진들 말이다.

"잘생겼네!"

수현의 프로필을 읽던 최유라는 자신도 모르게 속마음이 그대로 말이 되어 나왔다.

하지만 그녀는 자신이 방금 전 무슨 말을 했는지 깨닫지 못했다.

"이 사람, 그래서 인기가 많나요?"

노트북의 화면에서 시선을 땐 최유라는 인영을 보며 물었다.

"예, 프로필에도 나와 있듯 그가 속한 로열 가드란 그룹도 그렇지만 그룹의 리더인 그의 인기는 다른 멤버들 이상으로 인기가 높습니다."

"그래요?"

"예, 특히나 그는 월드스타 최유진을 비롯해 국민 MC인 유재성, 달인 김정만 등 많은 유명 스타들과도 인맥이 탄탄함은 물론이고, 노래와 춤은 물론 가수로 데뷔를 하기 전부터 모델로 활약을 해 무척이나 인지도가 높은 스타입니다."

인영은 수현에 대한 칭찬을 하면서 입이 마른 듯 잠시 하던 말을 멈추고 입술을 한 번 적시고 다시 이야기를 하였다.

그렇게 한참을 수현에 대한 이야기를 듣던 최유라는 잠시

고민을 하기 시작했다.

인영의 설명을 들은 뒤 딸이 원하는 아이돌 가수가 자신이 생각한 이상으로 인지도가 높아 오늘 딸의 생일 파티에 부르기 힘들다는 아니 불가능하다는 생각이 들었다.

"아… 안 되는데……."

딸 미영과 약속을 했는데, 그것을 지키기 힘들게 되었다는 생각에 인상이 절로 찡그려졌다.

미간을 찌푸린 최유라는 뭔가 생각을 하더니 아직까지 자신의 앞에 서 있는 인영에게 손짓으로 나가보라는 지시를 하였다.

인영은 조용히 관장실을 나와 자신의 자리로 돌아갔다.

그러면서 조심스럽게 뒤를 돌아 상급자인 최유라의 모습을 지켜보았다.

그런 것도 모르고 최유라는 딸과의 약속만 생각하며 어디론가 전화를 걸기 시작했다.

*　　　*　　　*

방송국 대기실 복도, 한 남자가 초조하게 누군가를 기다리고 있었다.

그 사람의 정체는 바로 킹덤 엔터의 전무인 김재원이었다.

작년 로열 가드가 데뷔를 하기 전까지만 해도 상무였던 그는 로열 가드가 데뷔를 하고 킹덤 엔터의 사세가 더욱 커지면서 상무에서 전무로 승진이 되었다.

물론 킹덤 엔터가 커진 것이 꼭 로열 가드가 데뷔를 해서만 그런 것은 아니지만, 커지는데 일조를 한 것은 맞았다.

더욱이 로열 가드는 김재원 전무도 어느 정도 지분을 가지고 있는 그룹이다.

그런 그룹이 성장을 했으니 그에 대한 포상을 하지 않을 수 없기에 김재원은 상무에서 전무로 승진을 하였다.

물론 엔터테인먼트 회상인 킹덤 엔터에서 상무이사나 전무이사나 그리 큰 차이는 없었다.

어차피 이사급들은 자신이 맡는 연예인들이 인지도에 따라 회사 내에서 발언권이 있는 것이지, 직급이 높다고 무조건 발언권이 센 것은 아니다.

그렇지만 이재원 사장 바로 다음으로 많은 지분을 가지고 있는 김재원 전무였기에 어느 누구도 그를 무시하는 사람은 없었다.

그런데 킹덤 엔터의 2인자나 다름없는 김재원이 초조하게 누군가를 기다린다는 것은 참으로 이상한 모습이었다.

"어? 전무님!"

누군가 김재원을 발견하고 부르는 소리가 들렸다.

자신을 부르는 소리에 김재원은 고개를 돌리다 자신이 기다리던 사람의 모습을 발견하고 얼른 그곳으로 달려갔다.

"마침 기다리고 있었는데, 방송은 끝났나?"

김재원은 뭐가 그리 급한지 막 뭐라 대답을 하려던 전창걸의 말을 막으며 물었다.

"예, 방금 마치고 오는 길입니다."

"그래? 그럼 다음 스케줄은 뭔가?"

"네? 다음 스케줄이야 케이블TV인 TVM의 위클리 아이돌 녹화가 있습니다."

전창걸은 의아한 표정을 하며 김재원의 질문에 대답을 하였다.

그런 전창걸의 대답을 들은 김재원은 뭔가 생각을 하더니 전창걸을 보며 이야기를 하기 시작했다.

"위클리 아이돌 PD에게는 내가 이야기 할 테니, 수현이는 내가 좀 데려가겠네!"

"네? 아니 그게 무슨 소립니까?"

아무리 회사 전무이사라고 하지만, 갑자기 나타나 그룹의 리더를 더욱이 스케줄이 있는데도 불구하고 데려가겠다고 하니 놀라 물었다.

"위클리 아이돌은 수현이 빼고 가게!"

하지만 김재원은 전창걸에게 설명을 해줄 시간이 없었다.

자신의 할 말만 마치고 수현의 앞으로 가서 그의 손목을 잡고 끌었다.

"수현아! 급하다. 어서 나랑 좀 가자!"

"네?"

회사 전무가 자신의 팔을 잡고 끌자 수현은 당황해 매니저인 전창걸을 쳐다보았다.

힘으로 김재원이 끄는 것을 뿌리칠 수는 있지만 그래도 김재원은 회사 전무이사이지 않은가. 그러니 어떻게 해야 할지 몰라 전창걸에게 어떻게 해야 하는지 물어보는 것이다.

하지만 전창걸도 평소 냉정한 김재원 전무가 이렇게 까지 다급하게 구는 것에 의아해 하면서도 뭔가 그럴 만한 일이 있으니 그럴 것이라 생각해 고개를 끄덕였다.

여자 아이돌 멤버도 아니고 설마 남자를 어떻게 하지는 않을 것이란 생각에 허락을 한 것이다.

만약 자신이 맡는 그룹이 남자 그룹이 아니라 여자 그룹이었다면 아무리 김재원 전무라 해도 예정된 스케줄이 아닌 스케줄을 허락하지 않았을 것이다.

그렇게 매니저인 전창걸이 허락을 하자 수현도 더 이상 머뭇거리지 않고 김재원 전무가 끄는 대로 따라 걸었다.

*　　　　*　　　　*

고려호텔 그랜드 홀.

화려한 조명과 장식이 이곳에 모인 이들의 품위를 나타내 듯 실내에 있는 사람들은 화려한 이브닝드레스나 턱시도를 입고 또 한 손에는 샴페인을 들고 동류의 사람들과 어울려 떠들고 있었다.

그런데 모든 사람들이 즐겁게 파티를 즐기고 있을 때, 한 사람만은 파티의 분위기를 즐기지 못하였다.

"엄마! 정말 그가 여기 오는 것 맞지?"

"그래, 꼭 올 거야! 엄마 못 믿어?"

최유라는 딸 미영이 자신을 붙들고 하는 이야기를 들으며 조심스럽게 그랜드 홀 출입문을 흘겨보았다.

딸이 원하는 연예인이 생각보다 유명인이라는 것을 뒤늦게 알게 된 그녀는 어떻게 해서든 딸과의 약속을 지키기 위해 백방으로 노력을 하였다.

그러다 그녀의 고객 목록에 있는 인맥 중 킹덤 엔터에 영향을 줄 수 있는 인사와 어렵게 연결이 되었다.

그리고 그가 원하는 것을 들어주는 조건으로 킹덤 엔터와 연결을 하여 원하는 것을 얻어 냈다.

그 때문에 최유라는 손해를 보기는 했지만, 딸과의 약속을 지킬 수 있게 된 것이다.

금전적으로야 손해를 보긴 했지만 말썽쟁이인 딸이 사고를 치면 이보다 더 큰 손해를 볼 수도 있고, 또 그 일로 시댁에 불려가 시달리는 것도 싫었다.

이미 남편도 그리고 시댁과도 소원해진 그녀이기에 시댁하고 얽히는 것이 무엇보다 싫었다.

최유라가 딸과의 약속을 들어주려는 이유 중에는 딸을 사랑하는 마음도 있지만, 사실 이런 이유가 가장 컸다.

막말로 남편과는 이미 남남처럼 지내고, 시댁하고도 필요에 의해 가족으로 있는 것이지 그것이 아니었다면 아마 진즉에 남편과 이혼을 했을 것이다.

다만 자신이 하는 일에 시댁의 배경이 무척이나 중요한 자리를 차지하고 있었기에, 남편의 외도도 묵인하고 지내는 것인데, 굳이 싫은 사람들은 얼굴 붉혀가며 만날 일이 뭐 있겠는가. 그런데 올 시간이 지났는데, 아직도 약속한 그가 도착을 하지 않았다.

"아마 스케줄 때문에 조금 늦을 수도 있으니 차분히 기다려 보자!"

"응, 알았어! 하지만 엄마, 약속을 어기면 나 참지 않을 거야!"

미영은 엄마의 말에 고개를 끄덕이며 기다리겠다는 말을 하다가 나중에는 엄마에게 하는 말이 아니라 마치 원수에게라도 하는 듯 경고의 말을 하였다.

참으로 평범한 모녀의 대화라고는 믿기 어려운 대화였다.

덜컹!

막 두 사람이 마지막 대화를 하고 떨어지려던 때, 굳게

닫혀있던 그랜드 홀의 문이 열렸다.

열린 문틈으로 마치 빛이 새어 나오는 듯 광채가 이는 듯 하더니 누군가 안으로 들어왔다.

닫혀 있던 문이 열린 때문인지 입구 근처에 있던 사람들이 시선이 열린 문으로 쏠렸다.

7단 케이크가 놓여 있던 곳에서 이야기를 하고 있던 최유라 미영 모녀도 마찬가지였다.

그런 그들의 두 눈에 반짝이는 은빛의 정장을 입은 사내의 모습이 들어왔다.

모델을 보는 듯 커다란 키에 단정한 머리 그리고 수려한 외모, 입구로 들어오는 사내의 모습에 탄성이 여기저기서 들렸다.

"아!"

"와! 누구야!"

"어머!"

"어머! 수현이다."

실내에 있던 일부 사람들은 문을 열고 들어온 사람이 누구인지 정체를 알고 있는 듯 떠들었다.

대체로 젊거나 어린 사람들 속에서 수현의 이름이 거론이 되었다.

"거봐! 엄마가 약속 지킨다 했지!"

"엄마! 고마워!"

수현이 자신의 생일파티가 시작이 되었는데도 오지 않은 것에 엄마를 닦달하던 미영은 뒤늦게 수현이 나타나자 얼굴이 환하게 펴지면 최유라에게 안기다시피하며 좋아 자리에서 폴짝폴짝 뛰었다.

한편 고려 호텔로 오면서 수현은 김재원 전무에게 상황을 설명을 받았다.

오늘 자신이 케이블TV의 스케줄을 뒤로하고 이곳에 온 이유를 들었다.

재벌가 손녀의 생일파티에 자신이 섭외가 된 것이었다.

다만 이것이 정식 절차를 밟아 성립된 스케줄이 아니라 외부의 권력자들에 의해 갑자기 내려온 스케줄이었다.

마음 같아서는 거부를 하고 싶은 마음이 굴뚝같았지만 그럴 수 없었다.

얼마나 다급했으면 다른 사람도 아니고 회사의 2인자라는 김재원 전무가 방송국까지 찾아와 스케줄을 재치고 자신을 픽업을 했겠는가. 이러한 사정을 이해하고 넘어가기로 하였다.

더욱이 자신을 얼마나 보고 싶어 했으면, 그렇게까지 했겠나 하는 생각에 넘어간 것이다.

그렇지 않았다면 아무리 김재원 전무가 뭐라고 해도 참지 않았을 수현이었다.

수현은 홀 중앙을 지나 일단 오늘 파티의 주인공인 미영에게 다가갔다.

들어오면서 입구에서 오늘 파티의 주인공이 누구인지 보았기 때문에 굳이 다른 사람의 설명을 듣지 않아도 누가 파티의 주인공인지 알 수 있었다.

"파티에 초대를 해주셔서 감사합니다."

비록 자신보다 어린 10대 소녀 팬이었지만 수현은 파티의 주인공에게 반말을 하지 않고 정중하게 인사를 하였다.

"어머! 제 생일 파티에 와주셔서 정말로 고마워요."

미영은 수현의 인사에 얼굴을 붉히며 대답을 하였다.

수현이 미영과 이야기를 하고 있을 때, 이들 주변으로 미영의 친구들이 모여들기 시작했다.

미영은 물론이고 미영의 친구들 모두 로열 가드나 수현의 개인 팬이었다.

그러니 미영이 자신의 생일 파티에 수현을 초대하겠다고 하자 모두 그녀의 생일 파티에 참석을 한 것이다.

물론 수현이 오지 않는다고 해도 부자인 미영의 집에서 호텔에서 생일 파티를 하니 오기는 왔겠지만, 그래도 지금처럼 화제의 주인공이 미영은 아니었을 것이다.

아니, 수현을 초대하겠다는 약속을 지키지 못한 미영을 씹느라 주인공이 되는 것은 맞았지만 방향은 반대가 되었을 것인데, 수현이 미영의 생일 파티에 나타남으로 그럴 일은 사라졌다.

한편 딸에게 시달리다 수현이 나타나자 최유라는 처음에는 안도의 한숨을 쉬었다.

하지만 곧이어 수현이 점점 자신이 있는 곳으로 다가오자 순간 숨이 멎는 듯한 느낌을 받았다.

최유라는 순간 다리에 힘이 풀려 자리에 주저앉을 뻔하였다.

다행히 급히 정신을 차리고 중심을 잡았지만, 다가오는 수현에게서 눈을 뗄 수가 없었다.

지금까지 최유라는 남자에게서 한 번도 이런 감정을 느껴 본 적이 없었다.

그녀의 나이가 그녀의 딸 미영이 만 할 때도 최유라는 자신의 목표를 이루기 위해 공부를 했었다.

그렇기에 남자 아이돌이나 연예인에게 관심을 보이지도 않았고, 나이를 먹고 결혼을 할 때도 마찬가지였다.

그저 성공에 대한 생각만 하던 그녀에게 남자는 그저 가끔 이는 성욕을 해결하는 존재 이상도 그 이하도 아니었다.

그런데 점점 다가오는 수현의 모습에게 강한 수컷의 향기를 느꼈다.

분명 자신보다 한참이나 어린 남자인데, 수현은 보는 것만으로 남자의 향기를 뿜어내고 있었다.

그리고 자신의 딸과 반갑게 웃으며 이야기를 하는 모습에 살짝 질투심이 일어났다.

하지만 살짝 뒤로 물러나며 고개를 흔들며 정신을 차렸다.

'헐! 어린 남자를 보고 내가 이렇게 흔들리다니… 아니야!'

딸과 정수현이라는 이아돌 가수의 주변으로 딸의 친구들이 모여드는 것을 조용히 지켜보며 최유라는 그 모습을 지긋이 쳐다보았다.

하지만 그녀는 그 모습을 보면서 수현과 밝게 웃으며 이야기를 하는 딸과 그 친구들에게 알 수 없는 화가 나는 것을 깨닫고 살짝 인상을 찡그리며 목이 타는 듯한 느낌을 받고는 옆을 지나가는 직원에게서 술잔을 넘겨받아 그것을 단숨에 마셨다.

〈『스타 라이프』 제3권에서 계속〉